인생에서 공부가
필요한 순간

• 본 한국어판은 Arcade 출판사의 협조로 러시아어 원본을 입수하여
우리말로 옮긴 것임을 밝힙니다.

톨스토이 인생공부 완결판

인생에서 공부가
필요한 순간

다시

살아갈 힘을

얻기 위해

오늘은 시작하기

좋은 날이다.

조화로운삶

나는 인류에게

남기고 싶은 말이 있다.

이 세상에서는 레프 톨스토이뿐만 아니라

수많은 사람들이 번민하고 있다고…….

— 1910년 11월 6일, 톨스토이가 죽기 전날 남긴 말

차례

4부
내일을
살아가기
위해

1부

오늘을
살아가기
위해

사람도 강물과 같다

———

물은
어떤 강에서든 변함이 없지만
강 그 자체는
천천히 흐르는가 하면
급히 흐르기도 하고,
또 큰 강과 작은 강과
맑은 물, 탁한 물,
차가운 것, 따스한 것……
여러 가지 모습이다.

사람도
이러한 강물과 같다.

사랑은 곧 신이다

———

남을 사랑할 때
기분이 좋다.
두려울 것도
더 바랄 것도 없다.
왜 이런 일이 일어날까?
사랑이 곧 신이기 때문이다.
다른 사람을 사랑할 때
우리는 신과, 또 세상의 모든 존재와
하나가 된다.
그러니 무엇이 두렵고 무엇이 아쉽겠는가?

"나의 종교는 생명이 있는 모든 것을 사랑하는 것이다."
아브라킴 코르도프스키의 말이다.

힘들이지 않는다면 기쁨도 없다

———

모든 노력을 기울여
도덕적인 삶을 살아 냄으로써 얻는 기쁨은
노동 후에 누리는 달콤한 쉼과 같다.
힘들이지 않는다면 기쁨도 없다.
도덕적으로 살기 위해 노력하지 않는다면
인생을 이해하는 기쁨도 누리지 못한다.

인도인들 사이에 내려오는 지혜의 말이 있다.
"네가 이 세상에 태어났을 때,
너는 울고 네 주위의 모든 사람은 기뻐했다.
네가 이 세상을 떠날 때에는
네 주위의 모든 사람은 울고
너는 미소 짓도록 너의 삶을 이끌어야 한다."

저는 모르겠습니다

——

"혀끝까지 나온 나쁜 말을
내뱉지 않고 삼켜 버리는 것,
그것이 세상에서 가장 좋은 음료이다."
마호메트의 말이다.

언제 어떻게 말하는지 배우는 것도 중요하다.
하지만 더욱 중요한 것은
언제 침묵해야 하는가이다.

잘못 내뱉은 말을
두고두고 후회하는 일은 많다.
하지만 침묵했던 일을 후회하는 경우는 없다.

더 많이 말하고 싶어 하는 사람일수록
하지 말아야 할 말을 해버리는 잘못을 저지르곤 한다.

"저는 모르겠습니다"라는 말을
더 많이 하도록
혀를 훈련하라.

마음이 급할 때는 아무것도 하지 말라

___

마음이 급할 때,
무엇을 하면 가장 좋을까?
답은 아무것도 하지 말라는 것이다.

진정으로 자유롭고 싶다면 욕망을 꺾어라.

특정한 순간에 무엇을 해야 하는지
모를 수는 있지만
그때 하지 말아야 하는 일이
무엇인지는 분명하다.
하지 말아야 할 일을 피함으로써
착한 삶을 위해 꼭 해야 할 일을
시작할 수 있다.

후회를 지혜롭게 이용하라

후회해 봤자
소용없다는 말이 있다.
하지만
후회한다고
이미 늦은 것은 아니다.

"후회를 지혜롭게 이용하라.
깊이 후회한다는 것은
새로운 삶을 산다는 것이다."
소로우의 명언이다.

착각에서 벗어나라

——

재산이
행복을 가져다준다는 것은
얼마나 큰 착각인가!
언제 우리는 이 착각에서 벗어날 수 있을까?

자기에게 불필요한 것까지도
나눌 생각 없이 움켜쥐고 있는 사람은
살기 위해 필요한 것을 훔치는 사람보다
더 나쁘다.

탈무드에 이런 말이 있다.
"사람들은
이것이 내 집이고 내 돈이라고
말하곤 한다.
하지만 신을 믿는 사람은
그 모든 것이 신에 속한 것임을 안다."

지금 이 순간보다 더 좋은 때는 없다

———

삶이 곧 끝나 버린다고 생각하며 살라.
그러면 남은 시간이 선물로 느껴질 것이다.

지금 누리는 삶은 최고의 축복이다.
우리는 다른 때, 다른 곳에서
더 큰 행복을 얻게 되리라 기대하며
현재의 기쁨을 무시하곤 한다.
그러나 지금 이 순간보다 더 좋은 때는 없다.

우리는 태어나서 죽을 때까지 복을 바란다.
하지만 복은 이미 주어졌다.
타인을 사랑한다면 쉽게 복을 얻을 수 있다.

행복해지려면 한 가지만 하면 된다.
다른 사람을 사랑하라.
그러면 끝없는 행복을 얻을 것이다.

모든 생명체와 더불어 사랑 속에서 살면
고통과 고난의 삶이

순식간에
행복과 축복의 삶으로 바뀐다.

행복은
사랑으로 가득 찬 심장 안에 있다.

우리가 서로 사랑한다면

어느 곳에서든지 신을 본 사람은 없다.
그러나 만약
우리가 서로 사랑한다면
신은 우리들 가슴에 머무를 것이다.

"높은 곳에서 낮은 곳으로 흐르는 물이 자연스러운 것처럼
인간에게 있어서 사랑으로 불타는 것은
아주 자연스럽다."
동양에서 전해져 오는 말이다.

귀 기울여 들어라

작은 선행이 우리의 모습을 결정한다.
따라서 세상에 '사소한 일'이란 없다.
인생은 작고 사소한,
눈에 띄지도 않는 일들로 이루어진다.

좋은 말을 하고
좋은 행동을 하려고 노력하라.
그러면 사랑이라는
커다란 나무가 자라날 것이다.

확신이 서지 않았을 때는
말하거나 행동하지 말라.
이는 아주 중요한 원칙이다.

무언가 성취하려면 노력해야 한다.
가장 힘들고
가장 노력을 기울여야 할 부분은
함부로 떠들어대지 않는 것이다.

귀 기울여 들어라.
그리고
아주 조금만 말하라.

에드워드 리튼은 이런 말을 남겼다.
"생각은 인생의 소금이다.
음식을 먹기 전에 먼저 간을 보듯
행동하기 전에 먼저 생각하라."

겸손이 오만을 이긴다

———

물보다 더 부드럽고
양보를 잘하는 것은 없다.
하지만 또 물보다
더 강한 것도 없다.

약한 것이
강한 것을 이기고
부드러움이
잔인함을 이기며
겸손이
오만을 이긴다.

영국 속담에도 있지 않은가?
"머리를 너무 높이 들지 마라.
모든 입구는 낮은 법이다."

모두가 아는 일이지만
정작 이것을 따르는 사람은
극히 드물다.

누구에게나 영혼은 있다

강은 연못과 다르고
연못은 개울과 다르며
개울은 물그릇과 다르다.
하지만
강과 연못, 개울과 그릇에는
모두 똑같은 물이 있다.

마찬가지로 건강한 어른,
아픈 아이, 어린 왕, 가난한 노파 등
겉모습이 서로 다른 사람 누구에게든
똑같은 영혼이 깃들어 있다.

그 똑같은 영혼이
우리 모두에게 삶을 준다.

살면서 가장 중요한 일은…

———

살면서
가장 중요한 일은
나와 인연 맺은 모든 이들을
사랑하는 일이다.

몸이 불편한 이
영혼이 가난한 이
부유하나 비뚤어진 이
버림받은 이
오만한 이까지도
모두 사랑하라.

"사랑할 수 있다는 것은
모든 것을 할 수 있다는 것이다."
안톤 체호프의 말이다.

자신이 원하는 일을 남에게도 똑같이 하라

———

두 명의 학자가 있었다.

그들은 무엇 하나 일치하는 의견을 내놓은 적이 없었다.

A는 엄하기 짝이 없었고, 사소한 일에도 화를 잘 냈다.

하지만 B는 선량하고 온순했다.

어느 날 한 사람이 A에게 찾아와 말했다.

"나는 참된 신앙을 갖고 싶소.

끝도 없이 긴 강연은 듣고 싶지 않소.

내가 한쪽 발을 들고

제자리에서 한 바퀴 돌 동안

방법을 가르쳐 주시오."

A는 버럭 화를 내며 그를 쫓아버렸다.

그 사람은 이번에는 B를 찾아가 같은 청을 했다.

B는 그의 말을 듣자마자 이렇게 대답했다.

"그대가 원하는 일을 다른 사람에게 똑같이 해보시오."

이 몇 마디 안 되는 말에

모든 가르침이 담겨 있다.

행복의 방향을 바로잡아라

———

행복하지 못하다면
두 가지 변화를 꾀할 수 있다.
하나는 삶의 조건을 높이는 것이고
다른 하나는 영혼의 상태를 높이는 것이다.
첫 번째는 언제나 가능하지는 않다.
하지만 두 번째는 언제든지 가능하다.

현재
당신의 삶이 기쁘지 않다면
그것은 당신이 잘못된 방향에
뜻을 두고 있기 때문이다.

삶에는 육체를 위해 사는 길과
영혼을 위해 사는 길이 있다.
육체를 위한 삶은
허무한 욕망 속에서 약해지다가
결국은 죽음으로 끝난다.
반면 영혼을 위해 산다면
삶의 기쁨이 점점 더 커지고

더 이상 죽음을 두려워하지 않게 된다.

남이 아닌
자신의 의지에 따라 사는 것이 중요하다.
그러기 위해서는
자신의 영혼을 위해 사는 일에 노력을 기울여야 한다.

지금 사랑하라

일반적으로 사랑한다 함은,
착한 일을 하는 것을 의미한다.
그렇게 해석하는 것 외에는 다른 방법이 없다.

사랑은 말뿐만 아니라,
타인을 행복하게 하는 실천이다.

어떤 사람이
훗날 더 큰 사랑을 행하기 위해
현재 작은 사랑의 요구를 들어주지 않는다면,
그는 남은 물론 자기 자신도 속이는 것과 같다.
그는
자기 한 사람 외에는
아무도 사랑하지 않는 것이다.

장래의 사랑이란 있을 수 없다.
지금 사랑하라.
지금 사랑을 실천하지 않는 사람은
사랑이 없는 사람이다.

먼저 베풀라, 많은 것을

———

일하지 않고도 살아갈 수 있다고 하여
일하지 않는 것은 큰 잘못이다.
그런 사람은
다른 사람의 노동을 빼앗는 것과 다름없다.

자기 자신의 노동과
다른 사람의 노동을
저울질하는 것은 불가능하다.

그뿐만 아니라 멀지 않은 날
스스로 일할 능력을 잃어버려
다른 사람의 노동에 의지해야 할 때가 올 수도 있다.

그러므로
얻기보다는 많은 것을
먼저 베풀라.

사람은 무엇으로 사는가?

———

내가 사람이었을 때
생을 살 수 있었던 이유는
나 스스로 나를 걱정해서가 아니었다.
길을 가던 한 남자와
그 남자의 아내가 사랑이 가득한 사람인 까닭에
나를 불쌍히 여기고
나를 보살펴 준 덕분이었다.

또 부모 잃은 두 아이가
잘 자라난 것도
한 여인의 참된 사랑이 있어
두 아이를 가엾이 여기고
사랑한 덕분이다.

그래서 이 땅 모든 인간들이 잘 살아가는 것은
그들이 자기 자신을 걱정해서가 아니라
사람들의 마음 가득
사랑이 있기에
저마다 잘 살아가는 것이다.

인내를 아는 사람

———

"모든 인간의 지혜는 기다림과 희망
이 두 가지 말로 요약할 수 있다"는 뒤마의 말처럼
천재란
더할 수 없는 인내를 아는 사람이다.

이 세상에 단 하나밖에 없는
최선의 방법을 찾아낼 때까지
생각하고 또 생각한다.
수많은 사람들이 그러하듯이
결코 생각을 멈추지 않는다.

마음이 있는 곳에 보물이 있다

———

"네 스스로 등불이 되어라.
바깥에서 은신처를 찾지 말고
내 안의 빛에
더 가까이 다가가라."
붓다의 말이다.

자기 마음이 있는 곳에
보물이 있다.
맛있는 음식이나 편안한 집,
멋진 옷에서 보물을 발견할 수
있다고 생각하는 사람은
그런 것을 추구하다가
인생을 소모해 버리고 만다.

육체를 위해 에너지를 소모할수록
영혼에 투자할 에너지는 줄어든다.

육체의 욕망은 늘
무언가 더 달라고 떼쓰는

아이와도 같다.
더 많이 줄수록
더 많은 요구를 하고
그것은 끝이 없다.

땀 흘려 일하는 사람을 존경하라

"나는 농부를 사랑한다.
농부는 학문이 부족하므로
사물에 대해
틀린 판단을 내리는 일이 없다."
몽테뉴의 말이다.

얼마나 가졌는가가 아니라
얼마나 일하는가를 기준으로
사람을 존경해야 한다.
게으르고 부유한 이들이 존경받는 반면,
농부나 기술자처럼
유익한 노동을 하는 이들은
존경받지 못하는 경우가 많다.
이것은 잘못된 일이다.

식사를 준비하고
집을 청소하고
빨래를 하는 등의 일상적 노동을
무시하는 사람은 훌륭한 삶을 살 수 없다.

부자들은 이런 노동을 무시하지만
순수한 사람에게는
이것이 인생에서
가장 중요한 노동이다.

행복한 가족은 서로 닮은 데가 많다

———

모두를 위한 선이 중요하기 때문에
가족 안에서 최선을 다해야 한다.
가족 안에서 최선을 다하려면
개인적으로 최선을 다해야 한다.
개인적으로 최선을 다하려면
내면의 선을 이루어야 한다.
내면의 선을 이루려면
마음부터 선해야 한다.
마음부터 선하기 위해서는
좋은 생각을 해야 한다.

행복은 우리 안에 있다.
사랑으로 가득 찬 삶이
행복을 만든다.

행복한 가족들은 서로 닮은 데가 많다.

삶을 위한 열 가지 교훈

———

하나, 시간을 내 일을 하라.
일은 성공으로 가는 길이다.

둘, 시간을 내 생각하고 생각하라.
생각은 능력이 솟아나는 샘물과 같다.

셋, 시간을 내 운동하라.
운동으로 흘린 땀은 젊음을 유지하는 비결이다.

넷, 시간을 내 책을 읽으라.
책은 지혜의 원천이다.

다섯, 시간을 내 친절을 베풀라.
남에게 베푼 친절이 그대에게 행복으로 돌아온다.

여섯, 시간을 내 꿈을 설계하라.
작은 꿈들이 모여 큰 꿈을 이룬다.

일곱, 시간을 내 사랑하고 사랑받으라.

그것은 구원받은 자의 특권이다.

여덟, 시간을 내 가만히 멈추어 주위를 살펴보라.
나만을 위해 살기에는 하루가 너무 길다.

아홉, 시간을 내서 웃어라.
웃음은 영혼의 음악이다.

열, 시간을 내 기도하라.
기도는 영원한 삶을 위한 투자이다.

악한 사람들의 칭찬은 거절하라

———

많은 사람에게서 칭찬을 받는 것보다
어떤 칭찬을 받느냐가 중요하다.
악한 사람들에게서 칭찬받지 않는 일이
진정 칭찬받을 일이다.

제임스 보즈웰의 말처럼
"누구에게나 칭찬해 주는 사람은
아무도 칭찬하는 것이 아니다."

인사는 넘치게

———

어떠한 때이고 인사는
부족한 것보다
지나친 것이 낫다.

영국의 건축가이자 극작가인 존 밴부르는 이렇게 말했다.
"훌륭한 예절과
부드러운 언행으로
수많은 난제를 해결할 수 있었다."

당신이 바로 그 못난 사람

———

두 사람이 대화를 나누고 있다.

"당신은 왜 마음에도 없는 일을 하는 겁니까?"

"다른 사람들도 모두 그렇게 하고 있으니까요."

"아니요, 사람들 모두가 그렇게 하고 있지는 않습니다.

그 증거로 당신 앞에 있는 내가 그런 일을 하지 않습니다.

또 나 이외에도 그 일을 하지 않는 사람을 여럿 더 알고 있습니다."

"물론 전부는 아니지요. 하지만 인류의 대부분이 하고 있습니다."

"대체 누구란 말입니까? 이름을 대 보십시오."

"음……."

"보세요, 누구의 이름도 대지 못하지 않습니까?

그렇다면 하나 더 묻겠습니다. 세상에는 못난 사람이 많습니까?

똑똑한 사람이 많습니까?"

"물론 못난 사람이 많겠지요!"

"그럼 당신이 바로 그 못난 사람입니다.

많은 사람의 흉내를 내고 있으니까요."

진정한 노력이란

———

아주 사소하고 불필요한 것을 가지고
다른 사람을 방해까지 하면서
자신에게로 주의를 끌려고
애쓰는 사람이 있다.

이와 같은 노력은
게으름보다도 훨씬 나쁘다.

참된 노력은
조용히
변함없이
꾸준히 행하며
눈에 띄지 않는다.

괴테의 말처럼
"노력은 적게 하고
많은 것을 얻으려 한다면
깊은 한숨만이 남는다."

너 자신을 알라

———

소크라테스는
우둔함은 지혜와 맞설 수 없다고 생각했다.
하지만 무지함이
우둔함과 같다고 말하지 않았다.

그러나 제 자신을 모르는 것,
제 자신이 모르는 것을 알고 있는 양 망상하는 것
그러한 자들을 '미친 사람'으로 치부했다.

작은 열매가 크게 자란다

―

봉사를 즐겨 하라.
사랑의 일을 수행하라.
말을 삼가라.
절제에 힘쓰라.
악한 일에 용감하게 맞서고
착한 일을 당당하게 실천하라.

필요한 일,
착한 일,
사랑에 봉사하는 일을 하며
사랑의 말을 건네라.

눈에 띄지 않는
작은 행동이나 말은
사랑의 나무에 열리는
작은 열매다.
훗날
그 작은 열매가 크게 자라서,
그 가지가 이 세상 모든 것을 덮을 것이다.

인간은 그런 것이 아니다

———

모든 사람들이
어떤 일정한 성격을 가졌다고 생각한다.
이는 잘못된 생각이다.

착한 사람,
악한 사람,
어진 사람,
어리석은 사람,
격정적인 사람,
냉정한 사람
등등으로 분류하는 경향은
크게 잘못 생각하는 것이다.

인간은 그런 것이 아니다.
타인을 평하여,
악한 사람이라거나
어진 사람이라거나
판단을 내려서는 안 된다.
이렇게 타인을 한정해 버림은 죄악이다.

우리는 왜 세상에 왔을까?

———

우리는 왜 사는지,
왜 세상에 왔는지 알지 못한다.
하지만 우리를
세상에 살게 한 그 힘이
무엇을 원하는지는 안다.

따라서 우리가 할 수 있는
최선의 일은
남을
더 많이 사랑하는 것이다.

꼭 필요한 것만 가져라

———

자유롭고 행복한
삶을 살고 싶다면
부나 화려함 등
없어도 될 것을 좇지 말고
꼭 필요한 것만 가지는 데 그쳐라.

과도한 음식,
호사스러움,
게으름 등에 익숙하도록
아이들을 가르친다면
미래의 육체적 고통을
예약해 주는 것이나 다름없다.

육체의 요구를 들어주면 들어줄수록
영혼의 힘은 약해진다.

어린아이의 말에 담긴 진리

———

성스러운 진리는
학자가 쓴 해롭고 잘못된 책보다는
배우지 못한 자
혹은 어린아이의 말 속에
있곤 한다.

작가 역시
우리 대부분의 사람들과
기본적으로 다를 바 없다.
많은 작가들이
어리석거나 잘못된 생각에
사로잡혀 있는 것이다.
그 결과 시간, 돈,
에너지를 낭비시키는
나쁜 책들이
너무도 많이 나온다.

나쁜 책은 무익할 뿐 아니라
해롭기까지 하다.

혼자서 삶을 바라볼 시간을 내라

———

악마가 사람 낚시를 할 때에는
여러 미끼를 쓴다.
하지만 게으른 사람에게는
미끼도 필요 없다.
그저 찌만 던져도
물기 때문이다.

게으른 사람의 마음은
악마의 놀이터나 다름없다.

아무 일도 하지 않는 사람이
행복하다고 생각하는 것은
가장 큰 오해이다.
이러한 오해는
천국이 그저 놀고
휴식하는 곳이라는
생각에서 비롯된다.

날마다 삶이

단조롭게 흘러간다면
내면의 영혼에 대해
생각할 수 없다.
혼자서
삶을 바라볼 시간을 내라.

죽음을 준비할 시간

———

우리는 고통을 겪어야만
비로소 진정으로
영혼 속에서 살게 된다.

병을 앓는 사람에게는
죽음이 가까워졌음을
알려 주어야 한다.
그렇게 하지 않는다면
그의 병이 가져다준 선물,
즉 죽음을 준비할 기회를
빼앗는 것이다.

행복은 육체가 아닌 정신에 있다.
가장 허약한 사람이라 해도
내적인 영혼은 누구보다 튼튼할 수 있다.

삶을 깊이 이해하면 할수록
죽음에 대한 슬픔은
그만큼 줄어든다.

햇살에는 그림자가 따른다

자신에게 덜 만족할수록
남에게 더 유용한 사람이 된다.
누구나 자신의 어떤 부분은
다른 사람보다
못하다는 점을 알고 있다.
이것을 기억한다면
겸손도 쉬운 일이다.

자신의 진정한 잠재력을 보라.
그것이 무엇인지 알았다면
감춰질까 걱정하지 말고
과장될 것을 걱정하라.

햇살에는 그림자가 따른다.
오만도 마찬가지다.

겸손은 힘에 바탕을 두고
오만은 무력에 바탕을 둔다.

영혼을 씻는 일

누구나
밥 먹기 전에 손을 씻는다.

하지만
정작 영혼을 씻는 일은 잊고 산다.

우리는 세상을 움직이는 영혼의 힘에 대해
자주 잊어버린다.
책이나 신문, 법률, 학술 논문에도
이런 이야기는 나오지 않는다.
하지만 눈에 보이지 않는 이 힘은
언제나 우리 생각 속에 존재한다.

한 사람의 영혼 속에 자리 잡은
생각 하나가 인생을 바꾼다.

확실하게 행복해지고 싶은가?

———

확실하게 행복한 사람이 되는
단 하나의 길은
사람을 사랑하는 것이다.

사랑은 죽음을 소멸시키며,
죽음을 공허한 환영으로 바꾸어 버린다.

사랑은 아무런 의미 없는 삶을
의미 있는 것으로 바꾸어 놓으며,
불행에서 행복을 만들어 낸다.

이제 당신을 믿을 수 없게 되었다

거짓말로 잠시
이익을 얻을지 모르지만
그 결과는 이익과
비교할 수 없을 정도로 해롭다.

충동이나 잘못된 생각을
좇지 말라.

이 두 가지는 인생을
거짓으로 얼룩지게 만든다.

니체는 이렇게 말했다.
"나를 화나게 하는 것은
당신이 거짓말을 했다는 사실이 아니라
이제 내가 당신을
믿을 수 없게 되었다는 사실이다."

아이들에게 선함과 단순함을 가르쳐라

———

삶에서든 일에서든
가장 중요한 덕목이
선량함과 단순함이라는 점을
아이들에게 가르쳐야 한다.

천 번 말을 하고 설명을 해도
한 번 모범을 보이는 것만 못하다.
아이에게 아무리 좋은 행동을 가르쳐도
어른이 모범을 보이지 않으면
아무 소용이 없다.

언제나 선하게 살라.
힘들다면 그렇게 살려고 노력이라도 하라.
그러한 당신의 삶이야말로
아이들에게 좋은 교육이 될 것이다.

그는 눈 먼 자여서…

—

누군가 나쁜 짓을 하고도
부끄러워하지 않는다면
비난하기에 앞서 이렇게 생각해 보라.

그는 눈 먼 자여서 선과 악을
구분하지 못한다고 말이다.
이렇게 보면 대부분의 사람들은
잘못이 없다.

사람들은 서로의 단점을 지적하길 좋아하고
그러면서 자신의 단점을 보이고 만다.

현명하고 친절한 사람일수록
남의 좋은 점을 더 잘 본다.
다른 사람을 용서하지 못한다면
사랑하는 법을 다 알지 못하는 것이다.

진정한 사랑에는 한계가 없다.

힘이 있을 때 뉘우쳐라

"힘이 있을 때 뉘우치는 게 좋다.
뉘우친다는 것은
곧 자기를 정화한다는 뜻이다.
생명의 힘이 있을 때 뉘우쳐라.
빛이 사라지기 전에 기름을 쳐라."
탈무드의 가르침이다.

참회는 자신 속에 뿌리 내린
온갖 나쁜 마음을 거절하는 것이며,
저지른 잘못에 대한 책임을 지며,
마음을 선량하게 바로잡으려고
준비하는 일이다.

인간은 자기 자신이
유한한 존재라는 사실과,
자기가 할 수 있음에도 불구하고
또 하지 않으면 안 됐음에도 불구하고
모든 것을 하지 못했다는 것을 기억해야 한다.

사람들을 하나로 묶는 법

똑같은 일이 어떤 사람에게는 좋고
다른 사람에게는 나쁠 수 있다.
지진이나 화산 폭발로 도시가 파괴되고
태풍으로 논밭이 못 쓰게 되어 버렸다.
그것을 좋다 나쁘다 한마디로 말할 수는 없다.
그 일이 일어나지 않았더라면
더 나쁜 일이 일어났을지도 모르기 때문이다.

지혜로운 사람은
주변에서 일어나는 아주 사소한 일에서도
신의 힘을 볼 수 있다.

인간들은 거래, 법, 사회, 학문, 예술 등에
매달려 산다.
하지만 실제로 매달려야 할 일은 단 하나이다.
바로 사람들을 하나로 묶는
도덕적인 법을 이해하는 것이다.

유혹이라는 동반자

인생을 살다 보면 불현듯
유혹과 마주친다.
유혹은 우리 내면의 도덕적 삶에
계속 따라다니는 동반자이다.

선한 삶의 길을 많이 걸으면 걸을수록
맞서야 하는 유혹은 더욱 많아진다.
유혹은 늪과도 같다.
가능한 한 빨리 빠져나와야 한다.
가장 작은 유혹부터 물리쳐야 한다.

2부

평범한
날들을
위해

무엇을 해도 두렵지 않다

———

남을 미워하지 않고
남을 부러워하지 않고
남을 해치지 않으며
또 명예나 이익을 좇는 것이 아니라면
그때는 무엇을 해도 두렵지 않다.

내 모습이 부끄럽다

인생에서
'세상 사람들의 생각'이라는 것보다
거짓된 지도자는 없다.

받아들여진 관습을 깨기란 쉽지 않다.
하지만 우리의 삶이 나아질수록
낡은 규칙, 관습, 견해를 깨뜨릴 힘이 생겨난다.

양심에 따라 살지 못하고
남들이 정한 어리석은 규칙을 따랐던 내 모습이 부끄럽다.

삶의 목표는 기쁨이다

인생은
기쁨의 연속이어야 한다.
반드시 그렇게 되어야 한다.

삶의 목표는 기쁨이다.
이것을 믿는 것이 생의 비결이다.

만일 당신이
기쁨을 느낄 수 없거든
당신의 생활 태도 어딘가가
잘못된 것이 분명하다.

내가 해야 하는 일은 내 능력 안에 있다

———

선을 찾으려면 자기 노력 외에
다른 무언가가 있어야 한다는 생각만큼
우리를 주눅 들게 하는 것은 없다.

도덕적 노력과 자기 발전 없는 삶은
한낱 꿈에 불과하다.

내가 해야만 하는 일은 내 능력 안에 있다.
내게 일어나는 일은 그렇지 않다.
하지만 어떤 일이든
그것은 내가 선을 이루도록 도와준다.

자기 삶이 만족스럽지 않다고 여기는 이는
환경을 바꿔 삶을 더 낫게 만들고자 한다.
하지만 가장 먼저 바꿔야 하는 것은 내적 영혼이다.
이 일은 언제 어디서든 할 수 있다.

과거를 잊는 기술

———

"어제는 어젯밤에 끝났다.
오늘은 새로운 시작이다.
과거를 잊는 기술을 배워라.
지나간 일을 후회하지 말라.
후회한들 무슨 소용이 있는가?
그리고 오직 사랑하라.
모든 추억들을 멀리하라.
과거를 말하지 말라.
오직 사랑의 빛 속에 살며,
그 외의 모든 것은 그저 흐름에 맡겨라."
페르시아인들 사이에 전해 내려오는 격언이다.

매일 아침 눈뜰 때마다 스스로에게 질문을 던져라.
"오늘은 어떤 좋은 일을 할까?"

우리에게는 온 인생이 집약된 현재의 한순간이 있을 뿐이다.
그러니 지금 이 순간에 모든 노력을 집중하라.
날마다 뒤돌아보는 일 없이 쉬지 말고 일하라.
시간이라는 개념을 넘어서지 못하는 우리는

죽음 이후를 상상할 수 없고
탄생 이전을 기억할 수도 없다.

진정한 삶은
시간을 벗어나서 존재한다.

사랑이 삶이다

사람은 사랑함으로써 살아가는 것이다.
자신만을 사랑하는 그 순간부터
죽음이 시작되며
다른 사람과 신을 사랑하는 순간부터
삶이 시작되는 것이다.

"나는 사랑을 찾아 헤매었다. 첫째는 그것이 황홀을 가져다주기 때문이다. 그 황홀은 너무나 찬란해서 몇 시간의 이 즐거움을 위해서는 남은 생애를 전부 희생해도 좋다고 생각하는 일도 가끔 있었다. 둘째로는 그것이 고독감을 덜어 주기 때문에 사랑을 찾아다녔다. 마지막으로 나는 사랑의 결합 속에서 성자와 시인들이 상상한 천국의 신비로운 축도를 미리 보았기 때문에 사랑을 찾았다."
버트런드 러셀의 말이다.

행복의 비밀

신에 대한 봉사도,
타인을 위한 봉사도
건강할 때라야 가능하다고 생각한다.
이는 거짓이요, 사실은 이와는 반대다.

그리스도는 십자가에 못 박혀 숨을 거두면서도
자기를 죽이는 자들을 용서함으로써
신에 대한 가장 훌륭한 봉사를 하였다.
이로써 사람들에게
참 행복이 무엇인지 보여 주었다.

모든 병든 사람도 그와 같이 할 수 있다.
건강한 때와 병들어 힘든 때
어느 편이
신과 사람에 대한
봉사를 하기 좋은 때인가 하는 것은
따로 없다.

고독하게 두지 말라

———

모든 것들은 한 곳에서 살고 있다.
그러나 그들은 외로이 살고 있다.
인간도 홀로 살고 있는 사람이 있다.
벌레도 홀로 사는 것이 있다.

이렇게 외로이 살고 있는 것들은
흔히 이 땅에 자기만이 살고 있는 듯 생각한다.
그렇게 생활 전체가
오직 자기만을 위한 것이기를 바란다.

이는 스스로를 고독하게 하는 삶으로,
하루하루 자기를
멸망으로 밀어 넣는 것이다.
한 걸음 한 걸음
죽음을 향해 가는 것이다.

참된 선행

———

죄 많은 인간,
거짓을 행하는 인간,
그리고 특히 그대를 헐뜯는 인간에게
선한 일을 베풀기란 어려운 법이다.

그러나 그런 인간에게 선을 행함은
그와 그대를 위하여
필요한 일이다.

천성에 따라 일을 맡겨라

———

폭력은 무기다.
어리석은 인간이
자기를 따르는 사람들에게
그 사람들의 천성을 배반하도록
강요하기 위해 쓰는 무기다.

폭력은 아래로 흐르는 물을
높은 곳으로 흐르게 하려는 것과 같다.
또한 이 무기가 기능을 잃으면
그것으로 이룬 모든 일의 결과도 파괴되고 만다.

그러나 이와는 반대로
사람을 말로써 이해시키는 것은
흐르는 물에 물길을 내주는 것과 같다.
이는 애써 지키지 않아도
너무나 자연스레 아래로 아래로 흘러간다.

타인에게 일을 시킬 때에도
이 두 가지 방법밖에 없다.

그 사람의 천성에 따라 일을 맡기든지
그 사람의 천성은 전혀 고려 않고
강제로 일을 시키는 것이다.

악한 생각을 멀리하라

———

어떠한 악한 행위보다도
그 근본이 되는 생각이 훨씬 악하다.
악한 행위는
두 번 다시 안 하도록 할 수도 있고
후회할 수도 있다.
그러나 악한 생각은
모든 악한 행위를 만들어 낸다.

악한 행위는
그저 나쁜 방향으로 굴러갈 따름이지만
악한 생각은
저항할 수 없는 힘으로 우리를 끌고 간다.

사랑받고자 애쓰지 말라

———

사랑이란
특수한 일개인의 사랑이 아니라,
만인을 사랑하고자 하는
정신 상태이다.
그 상태에서만이
우리 마음이 신께 속하는 본원을
찾아볼 수 있다.

남에게서 사랑을 받고자
애쓰지 말라.
다만 사랑하라.
그때 비로소 그대는
사랑을 얻으리라.

인생에 희망이라는 돛을 달아라

미래를 위해
무엇을 해야 하는지
결코 알 수 없다.
그래서
인생은 멋진 것이다.

몽테뉴는
"만약에 내가 인생을 되풀이할 수 있다면
내가 지내 왔던 생활을 또다시 하고 싶다.
과거를 후회하지 않고
미래를 두려워하지도 않을 자신이 있기 때문이다"라고 말했다.

사람은 다 다르다는 평등

———

"평등이란 불가능한 것이라고들 말한다.
왜냐하면 사람은
서로가 반드시 같은 것이 아니며,
누구는 다른 사람보다 힘이 세고,
또 누구는 지혜가 많기 때문이다."
리히텐베르크의 말이다.

어떤 사람이 다른 사람보다
힘이 세다든지
지혜가 깊다든지 한 까닭으로,
사람들 사이에 도리어
권리의 평등이 필요한 것이다.
만약 힘과 지혜의 평등이 없는 데다가
권리의 평등마저 없다면,
약한 사람이
강한 사람들 사이에서 생존해 나갈 길은
막히고 말 것이다.

노력 외에는 길이 없다

───

이 지상에는 평화가 없다.
삶은 얻을 수 없는 것을 얻고자 하는 끝없는 투쟁이므로
평화나 휴식은 기대할 수 없다.

삶의 목적이 무엇인지는 나도 정확히 모른다.
하지만 그 목적을 달성하려면
노력 외에는 길이 없다.

첫째, 우리는 자신이 누구인지,
또 어떤 존재가 되어야 하는지
깊이 생각해 보아야 한다.
둘째, 그런 존재가 되기 위해 노력해야 한다.
선택은 자유이다.

인류 최대의 성과는
폭력이 아닌 고요한 내적 영혼에서 나왔다.
궁전으로 가는 문은 힘껏 밀쳐서는 열리지 않는다.
살짝
잡아당겨야 열린다.

빗물은 하늘에서 떨어진다

―――

빗물이 물통에서 넘쳐 흘러내리면,
빗물이 물통에서 솟아나오는 듯 생각된다.
하지만 그 빗물은
하늘에서 떨어지는 것이다.

독실한 신도들과
성스럽다는 종교 속에서
이와 똑같은 모습을
자주 본다.
자칫 그 신도들에게서
훌륭한 가르침이 흘러나오는 것처럼 느끼게 된다.

그러나 그 가르침은
신으로부터 계시된 것임을
잊지 말아야 한다.

사랑하는 자는 죽지 않는다

———

당장 내일 죽는다고 생각하면
거짓말과 시샘, 비판과 도둑질 따위를
멈추게 되리라.

사랑은 죽음의 공포를 사라지게 할 뿐 아니라
죽음에 대한 생각 자체를 없애 준다.
사랑하는 자는 죽지 않는다.

나는 내 정원을 사랑한다.
훌륭한 책을 읽는 것도 좋아하고
어린아이를 껴안는 것도 좋아한다.
죽으면
이 모든 것을 잃게 될 것이므로 죽음이 두렵다.

삶은 마치 도망이라도 가듯이 휙휙 지나가 버린다.
대체 어디서 진리를 찾으라는 것일까?
내면의 목소리에 귀를 기울여야 한다.
진리의 소리는 우리 안에 있다.

정의의 씨앗

———

모든 정의로운 행위는
씨앗과 같다.
그것은 오래도록
땅 속에 가만히 묻혀 있다.
그러나 한번 온도와 습기를 얻으면,
자기 안에 새롭고 건전한 즙액을 만들어 가면서
성장하기 시작한다.

그런 다음에
이윽고 꽃을 피우고
열매를 맺는다.

그러나 폭력과 부정에 의하여 뿌려진 씨앗은,
썩고 시들어
자취도 없이 사라지고 만다.

결혼의 참다운 의미

———

우리는 언제 결혼을 해야 하는가?
남자와 여자 서로가
상대방 없이는
살기 어렵다고 생각할 때다.

좋은 결혼에서
좋은 자녀가 태어난다.
육체적 사랑에 한번 빠진 사람은
상대를 바꿔 가며
계속 그런 사랑을 반복한다.
그러다 결국에는
진정한 사랑의 능력을 잃어버린다.
그리고 미움, 절망, 역겨움 속에서
지옥 같은 삶을 살게 된다.

괴테는
"결혼은 참다운 의미에서 연애의 시작이다"
라는 말을 남겼다.

'용서합니다'라는 말로는 부족하다

타인을 용서하려면 '용서합니다'라는 말로는 부족하다.
마음속에 숨은 비난과 못마땅한 감정까지 말끔히 씻어내야 한다.
이것이 어렵다면 자신의 죄를 기억하라.

아픈 이의 겉모습을 비난할 수 있는가?
곪은 상처가 보기에 역겨울지라도 비난할 수 없는 일이다.
마찬가지로 악한 이도 비난해서는 안 된다.
인내심을 가지고 지적 능력을 발휘하라.

지갑이 없어지면 금세 알아차리면서
가장 소중한 것,
지적 능력과 친절함을 잃어버렸을 때에는
어째서 알아차리지 못하는가?

스스로는 죄로 가득 차 있으면서도
타인의 죄는 참지 못하는 일이 너무도 많다.

미국의 목사이자 노예폐지운동가인 헨리 워드 비처는
"용서란

두 조각으로 찢어 태워 버린 편지와 같아야 한다.
그렇게 함으로써 그것이 절대로
다른 사람 눈에 띄는 일이 없도록
해야 한다"고 말했다.

깊은 강물은 요동치지 않는다

———

주위 사람들이 모두 나쁘다고 생각하는가?
만약 그렇다면
당신 자신도 나쁜 사람임에 틀림없다.

깊은 강물은
돌을 던져도 요동치지 않는다.

이렇게 본다면
타인이 던진 무례한 말에 상심하는 사람은
깊은 강이 아닌 진흙탕 웅덩이인 셈이다.

칼릴 지브란의 말처럼
"가장 훌륭한 사람이란
칭찬을 해주면 얼굴을 붉히고,
비난할 때는
침묵을 지키는 사람이다."

해롭지 않은 거짓말은 없다

———

어떠한 목적일지라도
거짓말은 정당화할 수가 없다.
거짓말은 독약이다.
해롭지 않은 거짓말은 없다.

이것을 기억하고
사소한 선의의 거짓말이라도 하지 말라.
사소한 것이 커다란 결과를 낳는다.

진실만이 안전하다.
진실만이 믿고 기댈 만큼 튼튼하다.
진실은 깨지지 않는 다이아몬드이다.

이 세상에 악은 없다

———

'어째서 이 세상에 악이 존재하는 것일까?'
이런 질문은 하지 말라.
악은 우리 안에서만 생겨나기 때문이다.

고통은 신이 우리에게 보낸 거라고 말하면서도
우리는 이를 진정으로 받아들이지 못한다.
분명한 진실인데도 말이다.
고통을 이기면 우리 삶은
더 단단해진다.
이로써 더 즐겁고 의미 있어진다.

슬픔이나 절망에 빠진 이들이 자포자기한 채
세월을 그저 보내 버리는 모습을 보면
말을 타고 가파른 언덕길을
내달리는 사람이 떠오른다.
말을 멈추는 대신 아예 고삐를 놓아버리고
말이 미친 듯 내달리도록 내버려 두는 사람 말이다.

모든 것이 선하다.

이 세상에 악은 없다.
다만 시간 속에 사는 우리 눈에
악이 있는 듯 보일 뿐이다.
시간을 벗어나면 악은 없다.

"고통에 대응하는 방법에는 두 가지가 있다.
하나는 고통을 그저 겪어 내는 것이고,
다른 한 가지는 고통을 창조로 변화시키면서
이겨 내는 것이다."

자신이 한 거짓말부터 시인하라

삶에서 가장 이루기 어려운 일 가운데 하나가
지적 잠재력을 충분히 발휘하는 것이다.

우리 마음과 지적 능력은 서로 다르다.
매일의 생활을 이해하는 것은 마음이다.
영혼을 헤아리는 것은 지적 능력이다.

진리는 우리 존재의 시작이자 끝이다.
진리는 홀로 존재하는 것이 아니라
사랑을 통해 창조된다.
진리는 사랑이다.

다른 사람이 한 거짓말을 밝혀내는 것도 좋지만
자신이 한 거짓말을 시인하는 것은 더욱 좋다.
우리는 좀 더 자주 이 즐거움에 빠져야 한다.

착하고 정직한 이들 사이에서도 오해가 생긴다.
그 까닭은 이들이
자신의 지적 능력을 과소평가하기 때문이다.

음식이 독이 될 때

———

음식을 과도하게 먹는 것을
죄악으로 여기지는 않는다.
그 해로움이 눈에 보이지 않기 때문이다.
그러나 인간의 존엄성을 훼손하는 까닭에
그것은 죄다.
음식을 과도하게 먹는 것도
이러한 죄악 가운데 하나이다.

음식을 조심해야 한다.
과식함으로써 몸에 병이 생긴다.
음식을 먹고 자리에서 일어나면서
조금만 더 먹고 싶다는 유혹을 이기지 못했을 때
음식은 독이 된다.

선한 사랑

죄와 싸우라.
하지만 죄인은 용서하라.
악행은 미워하되 악인은 미워하지 말라.

식물의 부드럽고 섬세한 뿌리는
단단한 흙을 뚫고 바위까지 가른다.
사랑도 마찬가지다.
사랑을 억누를 수 있는 것은 없다.

신을 사랑하지 않으면서
이웃을 사랑하는 것은
뿌리 없는 식물과도 같다.

신을 사랑하기 때문에 이웃을 사랑한다면
모두를 사랑해야 한다.
나를 싫어하는 사람, 추악한 사람
가릴 것 없이 말이다.
선한 사랑은 죽거나 바라는 법이 없다.

공통점 찾기

우리에게 필요한 것은 단 하나,
분노나 미움, 짜증과 적대감이 없는
순수한 마음이다.

누군가에게 적대감을 느낀다면
상대방의 내면에 대해 생각하라.
자기 자신에 대해서나
혹은 자신의 정당함은 생각하지 말라.

고요한 내면의 생각을 통해
상대방의 선한 면을 찾아보라.
그리고 사람들과 어울릴 때는
가능한 한 공통점을 많이 찾아보라.

영혼이 인도하는 길

———

삶의 작은 부분을 바꾸고는
'이제 인생이 완전히 달라지겠지' 하는 생각은
어린아이나 하는 것이다.

무언가를 제대로 하려면 그 방법을 알아야 한다.
어떤 일이든 마찬가지다.
우리가 원하는 삶을 살려면
어떻게 해야 하는지 알아야 한다.

우리는 모두 희망하는 일을 이루고 싶어 한다.
하지만 그러면서도 우리 안의 영혼이
인도하는 길은 걷지 않으려고 한다.

"나는 눈과 귀와 혀를 빼앗겼지만,
내 영혼을 잃지 않았기에
그 모든 것을 가진 것이나 마찬가지이다."
헬렌 켈러의 말이다.

진정한 삶은 현재에 있다

———

우리가 진정으로 사는 것은 현재뿐이다.
우리에게는 과거를 기억하는 능력과
미래를 상상하는 능력이 있다.
이 모두가 현재의 일을 잘하기 위해서 주어진 것이다.

인간의 성스러운 영적 부분은 현재에 그 모습을 드러낸다.
그래서 나는 진정한 삶은 바로 현재에 있다고 생각한다.

현재에 살아야 한다.
현재야말로 진정으로 우리에게 속한 전부이다.
미래의 삶은 믿을 수 없다.
삶은 오직 현재에만 있고, 현재는 사라지지 않는다.

"지금이야말로 일할 때다.
지금이야말로 싸울 때다.
지금이야말로 나를 더 훌륭한 사람으로 만들 때다.
오늘 그것을 못 하면 내일 그것을 할 수 있는가?"
토마스 아켐피스의 이 말을 늘 기억하라.

그저 사랑만 하면 된다

———

진정한 스승은
사랑이 삶의 핵심이라 가르친다.
사랑은 우리 영혼 속에 산다.

사랑으로 사는 사람은
선량한 삶을 산다.
선한 삶을 살고자 한다면
그저
사랑만 하면 된다.

남들 또한 '나'임을 이해하는 것,
그것이
사랑이다.

내가 먼저 변화되어야

───

사회가 변화되는 방법은 단 한 가지,
개개인이 변화되는 것뿐이다.
이를 위해 해야 할 일은 단 하나,
내적 자아를 변화시키는 것이다.

이른바 지식인이라는 사람들에게
인생을 변화시키는 방법을 물으면
놀랍도록 서로 다른 답들을 내놓을 것이다.
이토록 의견이 다른 만큼
남의 삶을 변화시키기란 불가능하다.
결국 세상을 변화시키는 유일한 방법은
스스로의 영적 자아를 변화시키는 것뿐이다.

우리는 결국 육체적 삶이 끝나면 죽는다.
이는 감각적으로나 지적으로나 분명한 사실이며,
신이 다스리는 세상의 법칙이기도 하다.
이를 이해하는 사람은
육체적 삶의 열매를 위해 아등바등하지 않고
영적 삶을 위해 노력을 다한다.

길 잃은 사람을 불쌍히 여겨라

사기꾼이나 도둑은 결국
삶에서 길을 잃은 사람이 아닌가?
그렇다면 그들을 멀리하기보다는 불쌍히 여겨야 한다.
처벌해야 한다고 목소리를 높이는 이들도 있지만,
길 잃은 사람은 처벌하기보다 감싸 주는 것이 마땅하다.

처벌만이 유일한 방법이라고 하면
결국 범죄자 수만 더해 갈 뿐이다.

정부가 저지르는 가장 큰 잘못은
사랑과 깨달음을 파괴하는 것이다.
폭력에 근거한 법으로 거짓과 싸울 수는 없다.

인도 격언에 다음과 같은 말이 있다.
"세상의 악은 바로 열매를 맺지 않고
서서히 때가 되어야 열매를 맺는다.
그것은 참으로 두려운 열매이다."

육체는 아무것도 아니다

───

곤충 한 마리와 비교해 보면
우리는 스스로가
크고 중요하고
귀한 존재라 느낄 수 있다.
하지만 지구와 비교하면
한없이 작게만 보일 것이다.

그 지구도 태양과 비교하면
모래알에 불과하다.
그 태양도 또 다른 은하계와
비교하면 보잘것없다.

한 사람의 육체를
태양이나 별에 비교하면 어떠할까?
결국 육체는 아무것도 아닌 것이다.

자기 자신을 영적 존재로 여겨라.
그러면 모든 고통에서 벗어나
어떤 일이 일어나도 흔들리지 않을 것이다.

과학과 예술의 관계

———

과학과 예술은 폐와 심장과 같이
밀접한 관계를 맺고 있다.
그러므로 만일 한쪽 기관이 파괴된다면
나머지 기관도 올바른 활동을 할 수 없다.

진정한 과학은
항상 연구를 게을리하지 아니하며,
그 시대의 사람들이
가장 중요하다고 인정하는 지식 형태의 진리를
사람들이 인지하도록 하는 것이다.

또한 예술은 이 진리를
지식의 영역에서 감정의 영역으로
옮겨 놓는 것이다.

"예술의 가치와 과학의 가치는
만인의 이익을 위해
개인의 욕심을 전혀 개입시키지 않고 봉사한다는 데에 있다."
존 러스킨의 말이다.

진실함은 위대한 미덕이다

다른 사람의 진실이 무엇인지
알기 위해서는 일단
자신에게 진실해야 한다.
진실함은 진정 위대한 미덕이다.
진실함이 없다면
다른 어떤 미덕도 있을 수 없다.

배고픈 사람을 먹이고
헐벗은 사람을 입히고
병든 사람을 찾아가 위로하는 것은
모두 선행이다.

하지만 한 가지가 더 있다.
자신의 편견, 잘못, 인생에 대한
비뚤어진 시선에 빠져 있는 사람들을
그것으로부터 벗어나도록 도와주는 것이
또 하나의 선행이다.

너의 생각을 다스려라

――

사상과 그 표현은 참되어야 한다.
자기 행동을 정당화하기 위하여,
사상이나 말을 거짓으로 꾸며서는 안 된다.

바라문교에는 다음과 같은 지혜의 말이 전해진다.
"진리를 찾는 이여,
만일 이루고자 하는 목적이 있거든
너의 생각을 다스려라.
네 영혼의 시선을
욕망에서 풀려난 밝은 빛으로 돌려라."

한 걸음씩 한 걸음씩

———

아이들은 편을 갈라 놀며 경쟁하다가도
놀이가 끝나면
다시 한데 어울려 친구가 된다.

하지만 어른들은 계급, 집단, 국가 등으로
갈라진 뒤에는
죽는 날까지 그 무리를 벗어나지 못한다.

낡은 규칙을 깨기란 어렵다.
하지만 더 나아지는 방향으로
한 걸음씩 나아가다 보면
이러한 것들을 깨뜨릴 수 있을 것이다.

가장 큰 자산, 양심

———

양심을 감추어 버리자면 두 가지 방법이 있다.
하나는 외부적인 방법인데,
양심이 가리키는 방향에서 눈을 돌려
그저 질끈 감아 버리는 것이다.
또 하나는 내부적인 것으로,
양심 자체를 말살해 버리는 것이다.

하지만 양심은 가장 큰 자산이다.
양심은 혼란스러운 일상에서
진정한 진리를 찾을 수 있도록 하는 힘이다.

육체에 꼭 맞는 옷을 입기보다는
양심에 꼭 맞는 옷을 입는 것이 좋다.

"야망을 성취하기 위해
자기 양심을 희생시키는 사람은,
재를 조금 얻자고 명화(名畵)를 불태우는 사람이다."
중국 속담이다.

사랑은 …

———

사랑하는 사람만이 진정으로 살아 있다.

새로운 사랑은 나무의 새순과도 같다.
처음에는 연약하지만
햇살과 사랑, 지적 능력을 받으며 자라난다.

어떤 행동이 좋은지 나쁜지 판단하려면
그것이 인간의 사랑을
크게 할 것인가 아닌가만 물어보면 된다.
그렇다는 답이 나오면 그것은 좋은 행동이다.

사랑은 죽음을 이기고
인생에 의미를 가져오며
불행을 행복으로 바꾼다.

인생의 즐거움은 무한하다

———

인생은 눈물의 골짜기가 아니다.
어떤 시련의 마당도 아니다.
인생은 견줄 바 없이 귀중한 그 무엇이다.

인생의 즐거움은 무한하다.
이 세상에서
우리가 맡은 임무를 잘 지켜 나가며
그 즐거움을 얻기만 하면 된다.

알 수 없는 미래를 생각하며
불안해하지 말라.
불안한 정신 태도가
오히려 더 깊은 불행으로
우리를 몰아넣는다.

뿐만 아니라,
동시에 타인에게도 불행을 끼친다.

인생을 즐겁게 바라보라.

그런 마음가짐은
인생의 수레바퀴를
원만하게 회전시키는 기름과 같다.

부지런한 사람과 게으른 사람

———

노동만큼 인간을 고귀하게 하는 것은 없다.
노동이 없다면
인간은 인간으로서의 가치를
발휘하지 못할 것이다.

태만한 인간들은
겉으로 보기에만 그럴듯한 일을 붙들고
법석을 떤다.
그렇게라도 하지 않으면
남에게 멸시받는다는 것을 알기 때문이다.

벤자민 프랭클린의 말처럼
"부지런한 사람에게는 모든 게 쉽고
게으른 사람에게는 모든 게 어렵다."

불행만을 심었다

——

교육을 위하여
사회 질서를 위하여
혹은 종교상의 이해를 위하여
존재한다고 생각하는 형벌이
일찍이 사회나
우리들의 자녀나
신앙 있는 사람들을 착하게 하는 데에
도움이 된 적은 없다.

오히려 자녀들에게 냉혹함을 가르치고,
사람들을 타락시키고
지옥 같은 거짓 약속으로써
사람들의 덕성을 빼앗았다.

형벌은
사람들 사이에 이루 헤아릴 수 없는
불행만을 심어 두었다.

"사회는 인간에게

자신들이 생각하듯 행동하라고,
자신들이 믿는 것처럼 믿으라고,
자신들이 먹고 마시는 것을 먹고 마시라고,
자신들이 입는 것을 입으라고 강요한다.
누군가 이 말을 따르지 않는다면,
그 사람은 비난과 배척에 부딪쳐
지옥과 같은 삶을 살게 될지도 모른다.
그렇더라도 용기를 내라."
류시 말로리의 말이다.

현명해지려면 겸손하라

—

행복하기 위하여
무엇보다도 먼저 배워야 할 것은 겸허이다.
교만, 권력, 허영이 가득하다면
그 자리를 친절과 겸허로 대신해야 한다.

교만한 인간은 아무런 유익도 취하지 못한다.
그는 모르는 것이 없다고 생각함으로써
아무런 노력을 하지 않기 때문이다.

"스스로의 내면으로 깊이 들어갈수록
자기 자신이 쓸모없게 여겨진다.
여기에 현명한 사람이 되는 첫 번째 과정이 있다.
현명해지려면 겸손하라.
그것은 사람에게 큰 힘이 되어 줄 것이다."
미국 유니테리언파 목사인 채닝이 남긴 말이다.

3부

다시
시작하기
위해

'사랑'이라는 해결사

———

셰익스피어는 이렇게 말했다.

"별이 불이 아닌지 의심이 간다.

태양이 움직이는 것은 아닌지 의심이 간다.

진실이 거짓이 아닌지 의심이 간다.

하지만 내가 사랑한다는 사실은 의심이 가지 않는다.

사랑은 눈으로 보지 않고 마음으로 보기 때문에.

그래서 날개 달린 큐피드의 눈은 가려져 있는 것이다."

인생에는 허다한 모순이 있지만

그것을 해결하는 것은 사랑뿐이다.

사람을 판단하지 말라

———

우리는 타인을 판단하는 것을
너무 아무렇지 않게 여긴다.

누구는 마음이 착하고
누구는 멍청하며
누구는 사악하고
누구는 총명하다고
툭
내뱉어 버린다.

하지만 그렇게 해서는 안 된다.
사람은 항상 변하기 때문이다.
사람이란 흐르는 강물 같아 하루하루가 다르고 새롭다.
어리석었던 사람이 현명하게 되기도 하고
악했던 사람이 착해지기도 한다.

다른 사람을 판단하지 말라.
누군가를 판단하는 그 순간
그 사람은 다르게 변할 수 있기 때문이다.

참된 말은 모든 사람이 헤아릴 수 있다

—

말을 아름답게만 꾸미는 사람은
거짓말을 하거나
자신을 높이려는 사람이다.
이런 사람의 말은
절대로 믿어서는 안 된다.

참된 말은 언제나 명확하여
모든 사람이 헤아릴 수 있다.

프랑스의 시인 니콜라 부알로가 말했듯이
"진실만큼 아름다운 것은 없고,
진실만이 사람들에게 사랑받는다."

좋은 사람과 나쁜 사람의 차이

———

좋은 사람과 나쁜 사람의 차이는
한쪽이 더 큰 죄인이라는 것이 아니라,
한쪽은 자기 죄를 알고 씻으려 노력하지만
다른 한쪽은 자신의 죄를 알지도 못하고
신경도 쓰지 않는다는 것이다.

"죄와 싸워 봤자 소용없다.
아무리 애써 봐야
세상의 죄를 다 없애지는 못할 테니까"라는 말은
"나한테는 밥을 줄 필요가 없다.
어차피 배고파질 테니까"라는 말과 똑같다.

삶의 핵심은
바로 죄와의 투쟁이다.
자신이 죄인이라고 생각하는 것만으로는 부족하다.
어떻게 하면 죄를 덜 지을 수 있는지
알기 위해 노력해야 한다.

선한 사람은…

———

어떤 것을
혼자만 갖고 싶다는 소원은
악한 사람만이 가지는 소원이다.

선한 사람은
자신이 행하고 경험한 일이
참된 행복에 가까우면 가까울수록
남에게 나누어 주고 싶어 한다.

겉모습은 중요하지 않다

———

다른 사람의 행동 하나하나를 간섭하고
삶을 통제하는 일이
쉬운 까닭은 무엇인가?
혹시 잘못된 결정을 내렸더라도
자신이 고통 받지 않기 때문이다.

타인의 삶을 두고
어떻게 살아야 한다고 떠드는 이에게는
정작 자기 삶을 살 시간이 없다.

타인에게 자기가 시키는 대로 살라고
강요하는 사람들은
이를 위해 개입될 수 있는 폭력을 정당화한다.

사람들은 관계의 겉모습을
중요하게 여긴다.
하지만 겉모습은 중요하지 않다.
진정한 삶은 사람들과 맺는 관계,
그 자체에 있다.

영혼은 어린아이와 같이 자란다

———

우리 삶은 겨울에서 봄에 이르는
계절의 변화와 같다.
비가 촉촉이 내린 후 새싹이 돋고
나뭇잎이 자라난 후 꽃이 피고
열매를 맺는다.

우리 육체가 성장이 끝나는 시기는
아주 중요한 의미를 갖는다.
이때부터 영혼의 성장이 시작되기 때문이다.

모든 생명체는 끊임없이 성장한다.
우리 영혼은 어린아이와 같이 자라나는데
이는 한 개인의 영혼이나
모든 사람의 영혼이나 똑같다.

"아메리칸 인디언들은 말을 타고
벌판을 달리다가도 뒤를 돌아본다고 한다.
자기 영혼이 잘 따라오는지 살펴보기 위해서 말이다."

나에게서 시작하는 불행

지혜로운 사람은
필요한 모든 것이
자기 안에 있음을 알고
자기를 계속 변화시키려 한다.
그래서 누구에게 화낼 일도 없다.

반면 어리석은 사람은
남들이 자신에게 친절하기를 기대하고
그렇지 않으면 화를 낸다.

바람결에 던진 먼지가 자신에게 돌아오듯
불행은 불행을 저지른 이에게 돌아온다.

오스카 와일드는
"자기 자신을 사랑하는 것은
일생 동안 계속되는
로맨스의 시작이다"라고 말했다.

많이 바라는 만큼 자유를 잃는다

———

어린 시절에는 누구나 육체를 만족시키려 애쓴다.
하지만 어른이 되어서까지 그래서는 안 된다.
호사스러운 음식을 먹고
값비싼 옷으로 치장하며
큰 집에 살면서
멋진 오락거리를 원하는 것은 잘못이다.

더 많은 만족을 추구할수록
더 큰 속박을 당한다.
많이 바랄수록
자유는 그만큼 적어지기 때문이다.

오만은 어리석음과 함께 다닌다

———

밀밭에 자라는 잡초는
땅의 수분을 빨아들이고 햇빛을 가려 버린다.
결국 밀밭의 밀은 말라죽고 만다.

인간의 오만도 마찬가지이다.
오만은 힘을 빼앗고 진리의 빛을 가린다.

오만할수록
다른 사람들의 눈에 어리석은 존재로,
얼마든지 속여 넘기고 조종할 수 있는 존재로 비친다.

오만은 어리석음과 함께 다닌다.
오만한 사람은 우선 자기 자신에게 해를 입힌다.
타인과의 대화와 공감이라는
삶에서 누릴 수 있는
가장 큰 즐거움을 스스로 막아 버리기 때문이다.

열심히 일한 뒤에 먹는 음식

―

부지런히 일하여
손에 굳은살이 박인 사람은
식탁 제일 윗자리에 앉아서
따뜻한 음식을 먼저 먹을 자격이 있다.

그렇지 않은 사람은
식탁 제일 아래 자리에 앉아서
남은 음식을 맨 나중에 먹어야 한다.
이것이 이 사회의 규범이요,
도덕이요, 철학이다.

열심히 일한 뒤에 먹는 음식이야말로
참으로 귀한 것이다.

사는 가운데 누리는 기쁨

___

선량하고 정직한 생활을 하는 농부에게 어느 목사가 물었다.

"당신은 신을 믿고 있습니까?"

"아니요, 믿지 않습니다."

"어째서 믿지 않습니까?"

"왜 믿지 않느냐고요?

목사님, 만약 내가 신을 믿을 것 같으면

이런 생활을 지켜 갈 수 있겠습니까?

목사님은 그저 자고, 마시고, 자기 일에 관해서만 이야기하면서

신이나 형제 같은 것은 잊어버리고 계시지 않습니까?"

만약 모든 사람들이 이 농부와 같이

그리스도의 참된 가르침을 그대로 지킨다면 얼마나 좋을 것인가?

착하고 올바르게 사는 데에 따른 보상이 무엇인가?

그렇게 사는 가운데 기쁨을 누리는 것이

그 보상이다.

그것 이외에 다른 것을 바란다면

기쁜 마음이 없어지는 법이다.

즐거움에 넘치라

—

자연과 조화를 이루고
신의 뜻을 지키며
종교적 신념에 따라 살라.

빛을 찾으라.
성실하라.
그리고 즐거움에 넘치라.

지금 내 앞에 있는 사람들과 화합하라

사람들이 성자에게 물었다.
"인생에서 어느 때가 가장 중요합니까?"
"현재가 가장 중요하다.
왜냐하면 그대가 살고 있는 순간이
바로 지금이기 때문이다."

"어떤 사람이 가장 중요합니까?"
"지금 그대가 관계를 맺고 있는 사람이다.
왜냐하면 이후 어떤 사람과 관계를 맺게 될지
모르는 까닭이다."

"어떤 일이 가장 중요합니까?"
"그대에게 가장 중요한 일은
그 사람들과 사랑하며 화합하는 일이다.
왜냐하면 모든 사람은
서로 사랑하기 위해 이 세상에 태어났기 때문이다."

사랑이란

———

사랑이란
자기희생이다.

이것은 우연에 의존하지 않은
유일한
행복이다.

"사랑하는 사람을 공정하고 자애롭게 대하며
늘 주의 깊게 살피기를 게을리하지 말라.
자신이 병에 걸리거나 죽음에 위협받을 때를
우두커니 기다리지 말라.
인생은 짧다.
이 길을 같이 걸어가는 사람의 마음을
즐겁게 할 만한 시간이 없을지도 모른다."
스위스의 철학자 아미엘이 남긴 말이다.

나쁜 일을 하지 않기 위해 애쓰라

―

진정으로 일에 몰두하는 사람은
삶의 모습이 단순하다.
왜냐하면 그들은 쓸데없는 일에
마음을 쓸 겨를이 없기 때문이다.

또한 그들은 착한 일을 하기 위해 애쓰기보다는
나쁜 일을 하지 않기 위해 애쓴다.

붓다의 가르침을 늘 기억하자.
"삶은 생각의 결과물이다.
우리 삶은 생각 속에서 생성된다.
만일 나쁜 생각으로 말하고 행동한다면
고뇌에 빠져들 것이다.
하지만 선량한 생각을 품는다면
기쁨은
결코 우리로부터 떠나지 않고
그림자처럼 함께 있을 것이다."

무엇을 할 것인가?

——

'무엇을 할 것인가?'라는 문제에 대하여
다음과 같은 해답을 발견했다.

첫째, 자기 자신에게 거짓말을 하지 말 것.
만에 하나 지금의 생활이
참다운 길에서 멀리 떨어져 있다 하더라도
진리를 두려워하지 말 것.

둘째, 다른 사람에 대한
나의 정의, 우월 의식, 특권을 거부하고
스스로 죄가 있음을 인정할 것.

셋째, 자기의 모든 존재를 동원하여
영원불멸한 인간의 계율을 지켜 행할 것.
어떠한 노동도 부끄러워하지 말고
자기와 다른 사람의 생명을 지키기 위하여
자연계와 싸울 것.

생각이 자라서

어떤 생각이 잠깐 떠올랐는데
금세 놓치고 말았다.
뭐, 그건 그저 생각에 불과하니 괜찮다.
만약 그것이 백만 불이었다면
어떻게 해서든 찾으려 했겠지만 말이다.

하지만 그 생각은
미래에 거대한 나무로 자라날
씨앗이었을 수도 있다.

우리가 가진 가장 큰 자산 가운데 하나가
바로 지적 능력이다.
하지만 다른 것과 마찬가지로
이 능력도
사용하지 않으면 사라진다.
이것을 사용하지 않는 사람은
심지어 자신에게
지적 능력이 있다는 사실을 깨닫지도 못한다.

험담도 칭찬도 하지 말라

시간은 지나가 버릴지 모르지만
내뱉은 말은 그대로 남는다.

사람들은 험담하기를 좋아한다.
다른 사람들이 그런 말을 들으며
즐거워하기 때문이다.
하지만 험담하지도 칭찬하지도 말라.
험담하다 보면 좋은 점을 보지 못하고,
또 칭찬만 하다 보면 기대가 너무 높아지기 때문이다.

노만 아우구스틴의 말을 보라.
"'그는 너무 많이 말한다'라는 말을 자주 한다.
하지만 '그는 너무 많이 듣는다'는 비난을
들어 본 적은 없다."

매일 일하라

———

우리는 매일 일해야 한다.
그것도 늘 힘들게 일해야 한다.

힘든 일을 마친 후의 휴식은
세상에서 가장 크고
순수한 기쁨을 선사한다.

물건을 사용할 때마다 그것이
누군가의 힘든 노동이 낳은 결실임을 기억하라.
그것을 망가뜨리거나
쓰레기통에 던진다면
노동을 존중하지 않는 것이다.

지옥은 즐거움 뒤에 숨어 있고
천국은 노동과 고통 뒤에 숨어 있다.

"날이 밝으면 일을 하러 가고,
날이 저물면 휴식을 취한다.
내가 판 우물에서 물을 마시고,

내가 일군 흙에서 먹을 것을 거둔다.
나 또한 창조하니,
어떤 왕도 이보다 더 좋을 수 없으리."
중국인들 사이에 전해 내려오는 격언이다.

습관의 주인이 되어라

—

배고플 때만 소박한 음식을 먹는다면
병에 걸릴 일도 적고
과식이라는 죄를 저지를 위험도 줄어든다.

음식과 노동의 양을
적절한 수준으로 유지할 수만 있다면
최고의 주치의를 둔 셈이다.

자기 습관의 주인이 되어라.
습관이 우리의 주인이 되도록 해서는 안 된다.

"일하는 시간과 노는 시간을 뚜렷이 구분하라.
시간의 중요성을 이해하고
매순간을 즐겁고 유용하게 보내라.
그러면 젊은 날은 유쾌함으로 가득 찰 것이고,
늙어서도 후회할 일이 적어질 것이며,
비록 가난한 때라도
인생을 아름답게 살아갈 수 있다."
『작은 아씨들』의 저자 루이자 메이 알코트가 남긴 말이다.

영원으로 가는 길

———

다른 사람을 심판하는 것이
나쁘다는 사실을 깨달았을 때에야
나는 생각 속에서라도
다른 사람을 심판하지 않게 되었다.

명상과 생각은 영원으로 가는 길이다.
반면 너무 많이 말하는 것은
죽음으로 가는 길이다.

명상하고 생각하는 데에
많은 시간을 보내는 사람은 죽지 않는다.
그러나 믿음을 갖지 않고 공허한 말만
늘어놓는 사람은 죽은 존재나 다름없다.

일상 속에서 유혹과 싸우기는 쉽지 않다.
홀로 있을 때 목표를 정하고
계획을 세워야 한다.
그러면 유혹과 싸워 나갈 힘이 생긴다.

나폴레옹은 다음과 같은 깨달음을 남겼다.

"다른 사람이 감히 생각지도 못하고 있을 때

해야 할 말과 해야 할 일들이

떠오르는 것은

나의 천재성이 아니라

깊은 명상에서 비롯되었다."

오만은 자신을 파멸로 이끈다

———

안 맞는 바퀴는
굴러갈 때 시끄러운 소리를 낸다.
예의 없는 사람도 마찬가지이다.

지나친 자기애는 오만의 출발점이다.
오만은 자기만 사랑하는 행동의 정점이다.

우리는 자신의 모든 장점을 동원해
다른 사람을 도와야 한다고 생각한다.
몸이 튼튼하다면 약한 이를,
지혜롭다면 그렇지 못한 이를,
아는 것이 많다면 배우지 못한 이를,
부자라면 가난한 이를 도우려 한다.

하지만 오만한 사람은 다르게 생각한다.
자신에게 다른 사람들이 갖지 못한
무언가가 있다면
나누지 않고 홀로 간직하려 든다.

붓다의 가르침을 기억하자.
"오만한 사람들은 항상 남을 비난하며,
남의 잘못만을 인정한다.
그렇기 때문에 자신의 욕망은
더욱더 커져만 간다."

내 안에서 길 찾기

———

나쁜 일로 괴로운가?
자신에게 일어나는 나쁜 일들을
환자가 먹는 약처럼 생각하라.

약은 입에는 쓰지만 몸을 고친다.
이처럼 고난과 역경은
영혼의 약이 된다.

하지만 영적 성장과 고통을
연결 짓지 못할 때,
이는 너무도 고통스럽게 다가온다.

무언가 두려운가?
그렇다면 그 이유를 바깥이 아닌
바로 자기 안에서 찾아야 한다.

어떤 말을 만 번 이상 되풀이하면

———

무엇을 어떻게 말할까 하는 것보다
언제 어떻게 침묵해야 하느냐가 훨씬 중요하다.

험담은 세 방향으로 해악을 미친다.
험담의 대상이 되는 사람,
험담을 함께 듣는 사람,
그리고 가장 중요하게는 험담을 하는 사람이다.

말은 곧 결과를 예측할 수 없는 행동이다.
따라서 말하는 것에 주의하라.

솔직한 말은 구도자의 말보다 더 큰 힘을 가진다.
"아메리칸 인디언들은
어떤 말을 만 번 이상 되풀이하면
반드시 그 일이 이루어진다고 믿었다.
지금 당신이 중얼거리고 있는 말은 무엇인가?"

비난이나 칭찬에는 관심을 두지 말라

———

고대의 무덤을 발굴한 학자들이 말 씨앗을 발견했다.
땅에 심고 물을 주었더니 싹이 트고 자라났다.

역사를 살펴보면 침묵하는 이들은 조롱당했다.
또 소리 내어 말하는 이들도 조롱당했다.
이 땅에서는 누구나 조롱의 대상이 된다.
비난받을 일이 전혀 없는 사람도,
칭찬만 받아야 하는 사람도 없다.
그러므로 남들이 하는 비난이나 칭찬에는
관심을 두지 말라.

그러나 살다 보면 우리는
사람들의 변덕스러운 의견, 판단, 소문 속에
빠져 허우적거리게 된다.

수피의 지혜 중에 이런 이야기가 있다.
"나는 나를 이끌어 줄 빛을 찾아서 쉬지 않고 돌아다녔다.
어느 날 그 길에서 한 예언자를 만났다.
그는 나에게 진리의 이야기를 들려주었다.

이 예언자는 바로 내 영혼 속에 있었다.
나는 나를 이끌어 줄 빛이
내 안에 있는 줄도 모르고
온 세상을 찾아 헤맸는데,
진리의 빛은 내 안에 있었다."

사랑을 키우고 세상에 퍼뜨려라

———

중국의 현자에게 물었다.
"학문이 무엇입니까?"
"사람을 아는 일이다."
또다시 질문했다.
"선善은 무엇입니까?"
"사람을 사랑하는 일이다."

새는 날고,
물고기는 헤엄치며,
사람은 사랑해야 한다.

사랑하는 대신
서로에게 해를 입힌다면
이것은 새가 헤엄치고
물고기가 나는 것처럼
괴상한 일이다.

서로의 삶을 더 낫게 만드는 데는
돈도, 선물도, 좋은 충고도,

심지어는 노동도 필요 없다.

사랑이면 충분하다.

사랑을 키우고
온 세상에 퍼뜨리는 것은
모두의 책임이다.

그 무엇보다 중요한 '즐거운 놀이'

일 때문에 바쁘다고 하면서
노는 일은 무엇이 되었든 거절하고는
그것을 자랑스러워하는 사람들이 있다.

그러나 즐거운 놀이는
많은 일을 하는 것보다
더 필요하며 중요하기까지 하다.

또한
그 사람들이 바쁘게 하고 있는 일은
오히려
하지 않는 편이 더 나은 경우가 많다.

가장 해로운 것은 허영심

———

사람들은 저마다 아무리 해도 깨뜨릴 수 없는
고정관념을 가지고 있다.
그것은 어린애들이 숨으려고 생각할 때
제 눈을 가리는 것처럼
자신이 보지 않으면
남들도 자기를 보지 않을 것이라는
그러한 관념이다.

그러나 우리의 생활,
우리의 행동들이
다른 사람들에게 어떤 인상을 줄지 생각해 보라.

성 어거스틴이 남긴 말이다.
"사람들 간의 사귐에서
가장 해로운 것은 허영심이다.
허영심은
항상 눈에 보이게 마련이며
악덕 중에서도 제일 바보 같은 것이다."

생각하는 방식을 바꾸라

지혜는
자신의 것이든 남에게서 들은 것이든 다 귀하다.
또한 인생의 목표를 달성하는 데
다른 어떤 것보다도 큰 도움을 준다.

인생의 변화는 생각의 변화와 함께 시작된다.
생각하는 방식을 바꾸라.
그것은 인생을 변화시키기 위한 노력보다
훨씬 더 중요하다.

마르쿠스 아우렐리우스는 이렇게 말했다.
"왜 변화를 두려워하는가?
장작의 형태를 바꾸지 않고는 물을 끓일 수 없다.
식물은 그 형태를 바꾸지 않고는
영양분이 될 수 없다.
결국 이 세상의 모든 생명은
변화하지 않으면 아무것도 아니다.
인간은 자연이 가르쳐 주는 대로,
그리고 자연이 정해 주는 때

그 모든 것 속으로 들어가야 한다.
다만 절대 변하지 않는 법칙이 있으니,
타인에게 절대
해를 입혀서는 안 된다는 것이다."

비밀 하나

사람들 앞에서 부끄러워하는 것은
선한 감정이다.
그러나 자기 자신 앞에서
스스로 부끄러워하는 것은
한층 더 아름다운 감정이다.

진실한 후회

———

자기 양심에 대하여
죄를 느끼면 느낄수록
우리는 더욱
남의 죄를 찾아내려는 마음이 생긴다.
특히 자기가 죄스럽게 생각하는
상대방의 죄악에 대해서는 더욱 그렇다.

후회한 일을 앞으로 삼가겠다고
스스로 굳게 결심할 때에만
그 후회는 진실한 것이다.

탈무드에 있는 이야기다.
"침묵 속에 있는 사람은
신에게 가까이 가기 쉽다.
행동이 가벼운 사람은
쓸데없이 입을 놀리고
곧바로 고독과 초조함을 느낀다.
후회할 일을 삼가려는 결심을 하면
진실에 다가설 수 있다.

말할 것은 하되 불필요한 말은 삼가자.

묵묵히 자기 할 일을 해나가자.

반성과 함께 전진하자."

언젠가 죽음이 찾아오면

———

죽음은
유기체의 파멸이다.
이 유기체는
우리가 인생을 받아들이는
하나의 도구였던 것이다.

죽음은
그것을 통해서 바깥을 내다보던 유리창을
깨뜨려 버린 것이나 다름없다.
그 유리가 다시 깨어질 수 있는 것인지,
부서진 유리창을 통하여 무엇이 보일 것인지,
우리는 알 수가 없다.

키케로는 이런 말을 남겼다.
"나는 여기서 태어나
이런 삶을 살아온 것을 후회하지 않는다.
언젠가 죽음이 찾아오면
집이 아니라 여관을 떠나는 손님처럼
그렇게 떠나갈 것이다.

왜냐하면 이 세상은

잠시 머무르는 곳이며

죽음은

또 다른 세상으로 들어가는 문이기 때문이다."

나는 기도한다

———

나는 아침마다 기도한다.
'신께서 제 안에,
그리고 모든 사람 안에 계심을 믿습니다.
신의 의지에 거스르는 일은
그 무엇도 하고 싶지 않습니다.
남을 모욕하거나 심판하는 일도
하고 싶지 않습니다.
저는 자신이 대접받고 싶은 대로
남을 대접하며
모두에게 사랑을 베풀고 싶습니다.'

나는 저녁마다 기도한다.
'신께서 제 안에,
그리고 모든 사람 안에 계심을 믿습니다.
신의 의지에 거스르는 일은 하고 싶지 않지만
오늘도 좋지 못한 일을 했습니다.
왜 그랬을까요?
다시 그런 일을 하지 않으려면
어떻게 해야 할까요?

제가 말로나 생각으로나
남을 심판하지 않도록 저를 도와주십시오.'

소로우의 말이다.
"한 해의 마지막 날이
한 해의 첫날보다 나아진 이는
진정 행복한 사람이다."

내면의 목소리를 들으라

―

원하는 일만 한다면
오래지 않아 싫증이 날 것이다.
진정 좋은 일은
끝내기까지 많은 노력을 들여야 하는 법이다.

좋은 일을 아무리 많이 해도
결국 완벽에 이르지는 못한다.

인생의 목적은,
완벽해지는 것이 아니라
많은 유혹과 편견을 이겨 내는 데 있다.
이는 노력을 통해서만 가능하다.

나쁜 꿈에서 깨어나듯
과거의 삶을 떨치고
일어나려고 노력함으로써만
자기 자신을 구할 수 있다.

"'삶이 마치 도망이라도 가듯이

휙휙 지나가 버린다.

대체 언제 어디서

삶의 목적을 찾으라는 것일까?'

지금 이런 생각이 든다면

내면의 목소리에 귀를 기울여야 한다.

진리의 소리는 우리 안에 있다."

러시아의 사상가인 게르첸이 남긴 말이다.

아이의 눈높이에서

—

인간의 참다운 지혜는
결코 지식의 양으로 가늠할 수 있는 것이 아니다.
이 세계에 있는 것은 무한하며,
아무리 노력하더라도 우리는 그것을 전부 알 수는 없다.

인간에게 필요한 지식 중에서
가장 중요한 것은
어떻게 살 것인가
어떻게 하면 악을 덜 행하며
선을 더 행할 수 있는가이다.

유감스럽게도 현대 과학은
이 점을 다른 측면보다 가벼운 것으로 취급하거나,
전혀 인정하려 하지 않는다.

"아이의 눈높이에서 생각하고
우리 할머니께 어떻게 전할까 고민한다면
과학과 사회의 좀 더 진솔한 대화가 이뤄질 것이다."
영국 화학자 앤서니 라이언의 말이다.

거친 세상을 함께하는 동반자

서로 사랑해 결혼한 부부가
언제부턴가 마음을 나누지 않게 되었을 때,
처음 품었던 마음을 기억할 일이다.

처음,
서로의 완성을 위해 두 손을 맞잡지 않았던가!
서로 그때를 기억하도록 돕고,
마음의 소리에 귀 기울이고,
무엇보다 자신이 먼저 모범을 보인다면
얼마나 큰 행복을 얻을 수 있을 것인가!

프랑스의 소설가 앙드레 모루아는 이런 말을 남겼다.
"거친 세상을 살아가기 위하여
우리는 누구나 무장을 해야 한다.
그러나 믿음으로 굳게 결합된 부부지간에는
서로의 앞에서 무장할 필요가 없다."

선행이란 무엇인가?

———

그대를 지금 처한 상황에서 구할 수 있는 것은
오직 그대의 행위밖에는 없다.
선은 그대의 행위 속에 있기 때문이다.

선행이란
다음과 같은 것을 말한다.
자애롭고 공손하며 친절할 것,
참된 말만 입에 담을 것,
정직한 마음을 가질 것,
항상 배울 것,
노여움을 참을 것,
자족함을 알 것,
남을 사랑하며 부끄러움을 알 것,
웃어른을 공경할 것 등등이다.

이러한 모든 것들은 참된 사람의 벗이며,
악한 사람의 적이 된다.

마르쿠스 아우렐리우스의 말을 기억하자.

"우리는 누군가에게 덕을 베풀면
그것에 대한 대가를 바란다.
그러나 참된 선은
과일 나무가 열매를 맺고,
열매를 필요로 하는 사람들이 먹는다는 사실
그 하나만으로도 충분하다.
그렇듯 선은 그것을 행동으로 옮길 때
비로소 선인 것이다."

튼튼한 출발

겸손은
자신을 죄 많은 인간이라고 생각하며,
선행을 자랑하지 않는 데서부터 시작한다.

칼릴 지브란도 다음과 같은 깨달음을 남겼다.
"자신에 대해서 생각하는 것은 무섭다.
그러나 추하든 아름답든
있는 그대로의 나에 대해서 정직하게 생각하는 것,
이 이상 튼튼한 출발이 어디 있으랴."

오늘 밤 죽을지도 모릅니다

———

가끔씩 죽음에 대하여 생각해 보라.
그리고 그대도 어느 순간
죽을 것이라 생각하라.

어떠한 행동을 해야 하는지
그대가 아무리 번민에 시달릴 때라도
오늘 밤 죽을지도 모른다고 생각한다면,
곧 해결될 것이다.

그렇게 하면
'의무란 무엇인가?'
'인간의 소원이란 무엇인가?'
하는 문제가 명백해질 것이다.

"태어나는 모든 것은 죽는다.
불가피한 것을 불평하지 말라.
걱정하고 불안해야 할 까닭이 뭐가 있는가?
하늘의 문은
그대에게 꼭 필요한 만큼 열린다.

걱정과 괴로움에서 벗어나
영혼을 영적인 것으로 향하게 하라."
인도인들 사이에 전해 내려오는 이야기다.

사랑하고, 사랑하고, 사랑하고

———

인생은 너무 짧다.
사랑하는 사람에게
충분한 즐거움을 안겨 주지도 못할 만큼
짧다.

그러니 서둘러서
행동을 시작하라.

모든 이를 사랑하라.
사랑이라는 습관에 빠져라.
그러면 삶은
더 큰 기쁨과 행복으로 가득 찰 것이다.

나무도 그렇고 돌도 그렇다

———

살아 있거나 죽은 모든 사람들과 나는
연결되어 있다.
나는 그들을 원하고 그들도 나를 원한다.
나는 그들과 함께 살고
그들은 나와 함께 산다.

동물이나 곤충에 대해서도
똑같이 생각해야 한다.
우리 모두 안에
같은 영혼이 존재함을 기억하라.
곤충에 대해서도 동정해야 한다.
더 많이 불쌍히 여기고 사랑할수록
우리 인생은 더 행복하고 좋아질 것이다.

벌은 벌일 뿐이고 파리는 파리일 뿐이지만,
이들은 살아 있고
내가 가진 무언가를 역시 가지고 있다.
나무도 그렇고 돌도 그렇다.

거짓말쟁이는 진리에 약하다

———

참다운 진리를 쓰고
읽기 위해서는
실로 수많은 고난을 극복하지 않으면 안 된다.

거짓을 말하는 자는
진리에 대하여 가장 약한 자이다.

마치 술 취한 자와 같이
흥이 나서 모든 것을 떠벌리는
학자는
진리를 위협하는 존재다.

"진리를 전달하는 가장 좋은 방법은
사랑으로 말하는 것이다.
사랑을 담은 말만이 귀에 들리기 때문이다."
소로우의 말이 가슴에 남는다.

4부

내일을
살아가기
위해

항상 낮은 자리에 앉아라

"자기 자신에게 적당한 자리보다
항상 낮은 자리에 앉아라.
다른 사람에게서 내려가라는 말을 듣지 말고
올라가라는 말을 들어라."
탈무드의 가르침이다.

오만한 사람은
완전한 사람이 될 수 없다.
'내가 이토록 훌륭한데
더 훈련할 까닭이 어디에 있는가?'
라고 생각하기 때문이다.

자기 자신이 저지른 실수를
모두 기억하라. 그것은 자신에게 앞으로
같은 일을 되풀이하지 않도록
도움을 줄 것이다.

만약 자신의 훌륭한 행동만을 기억한다면
선량한 행동에 나쁜 영향을 끼친다.

욕망은 변덕쟁이다

항상 변화하는 환경이
우리의 평화를 빼앗는 것이 아니다.
우리의 평화를 빼앗는 것은
언제나 만족할 줄 모르는 욕망
그것이다.

하고 싶은 일을 하는 사람은,
얼마 후면 다시는
그 일을 하려고 하지 않는다.

욕망이란 그같이 변덕스러운 것이다.

"올바른 자는 자기 욕망을 조종하지만
올바르지 않은 자는 욕망에 조종당한다."
탈무드에 나오는 말이다.

백까지 세어라

———

작은 구멍 하나에 커다란 항아리의 물이 다 새어 버리듯
한 사람이라도 미워하면 그 인생은 비어 버린다.

화가 나면 말하거나 행동하기 전에 열까지 세어라.
그래도 화가 가라앉지 않는다면 백까지 세어라.
그러다 보면 사소한 일에 분노했다는 사실에 놀랄 것이다.

인생을 살면서 가장 가치 있는 일은
분노를 느끼면서도
치밀어 오르는 화를 겉으로 내보이지 않는 것이다.

붓다도 말하지 않았던가!
"전속력으로 달리는 차와 같은 분노를
멈출 수 있는 자가 완전한 사람이다."

정말로 필요한 것은 쉽게 얻을 수 있다

———

정말로 필요한 것은 쉽게 얻을 수 있다.
필요치 않은 것들은
힘들게 노력해야만 얻을 수 있다.

사람이 사는 데 꼭 필요한
밥, 빵, 과일, 야채, 물은
쉽게 구할 수 있고 값도 싸다.

간단한 식사를 하는 가난한 자가
위장을 혹사하는 부자를 부러워할 이유는 없다.
오히려 허약한 부자가
가난한 자의 건강을 부러워할 일이다.

사랑하는 능력을 북돋우라

———

타인을 사랑하고 사랑받을 때 우리는 선해진다.
진정한 선은 사랑을 통해서만 드러난다.

사랑이 세상에서 가장 중요하다는 것을 깨닫는다면
사람을 만날 때
그가 어떤 쓸모가 있는지보다는
어떻게 그를 도울 수 있을지 생각하게 될 것이다.
이렇게 하면 자신만 생각할 때보다
더 좋은 결과를 얻을 수 있다.

나는 어째서 사랑의 법을 믿고 따르는가?
그 결과는 무엇일까?
나는 알지 못한다.
하지만 내가 이를 따를수록
나와 다른 사람 모두에게
더 좋다는 점은 분명히 알고 있다.

이미 좋은 사람이라 여겨서는 안 된다

———

선행의 기쁨을 경험하고 싶다면
다른 사람 몰래 행동하고 그 사실도 잊어버려라.
그때 선행이 자신의 안과 밖 모두에서 드러나리라.

인생의 가장 중요한 과제는
더 친절하고 좋은 사람이 되는 것이다.
그렇지만 자신이 이미 좋은 사람이라 여긴다면
어떻게 더 좋아질 수 있겠는가?

모든 유혹은 오만에서 온다.
스스로를 유혹에서 구하려면 겸손하라.

겸손은 이기적이고 오만한 이가
경험할 수 없는 종류의 기쁨을 안겨 준다.

햇빛을 찾아가는 식물처럼

——

식물의 행복은 햇빛 속에 있다.

아무것에도 덮이지 않은 식물은
자기가 대체
어느 방향으로 뻗어 가는지 알지 못한다.
지금 있는 이 광경보다 더 나은 빛이
어디에 있을지에 대해서도
생각해 보지 않는다.

그는 이 세계에 있는 단 하나의
햇빛을 섭취하고,
그 햇빛을 향하여 손을 뻗친다.

물론
이것이 사랑인 줄을 우리는 안다.
오직 이 같은 사랑 속에서만
우리는 누구나
행복과 사랑의 기쁨을 맛볼 수 있다.

사람들 사이에

이 같은 사랑이 존재하기에

이 세계는 존재할 만한 가치가 있다.

아이는 잠재력대로 자란다

———

인간이 아무리 모양을 잡아 준다고 해도
결국 나무는 타고난 방식으로 자란다.
어린아이를 벌줄 때에도
이것을 기억하라.

천성이 더 강하기 때문에
아이는 결국
그 잠재력대로 자란다.

독일의 극작가 헤벨이 다음과 같은 이야기를 남겼다.
"아이들은 신이 내려준 수수께끼다.
세상의 수수께끼를 다 합친 것보다
풀기 어려운 때도 많다.
하지만 너무 자신 없어 할 일도 아니다.
아이를 사랑하라.
사랑한다면 풀리지 않는 수수께끼란 없다."

책 한 권 읽지 않고서도

———

모르는 것은
부끄러운 일이 아니다.
모르는 것을
아는 척하는 것이
부끄러운 일이다.

중요한 것은
지식의 양이 아니라 질이다.
우리는 여전히
모르는 것이 많다.

많은 책을 읽고
다 믿어 버리는 것보다는
아무것도 읽지 않는 편이 더 낫다.
책 한 권 읽지 않고서도
현명할 수 있다.
하지만 책에 쓰인 것을 다 믿는다면
바보가 되어 버린다.

"지식은 자기가 이만큼 배웠다고 자랑한다.
지혜는 자기가 이 이상 알지 못한다고 겸손해한다."
영국 시인 윌리엄 쿠퍼가 남긴 말이다.

사랑할 때 '나'와 '너'는 하나가 된다

———

우리에게는 무엇을 해야 할지 알려 주는
유일한 인도자, 영혼이 있다.

나무는 본능적으로 해를 향해 자란다.
꽃은 언제 씨앗을 만들어야 하는지,
언제 씨앗을 땅에 떨어뜨려
자라게 해야 하는지 안다.
우리 영혼은
온 세상 모든 생명체의 영혼과 하나가 되라고 말한다.

열 사람이 힘을 합치면
백 사람이 따로 하는 것보다
더 많이 생산할 수 있다.
따라서 모든 문제의 원인은
함께 힘을 합치지 못한다는 것이다.

사람과 더 가까워지고 싶다면
사람을 더 많이 사랑하라.
사랑할 때 '나'와 '너'는 하나가 된다.

"네 선량한 마음을
이웃에게 주는 선물이라고 생각하지 말라.
너는 그 선물을 너 자신에게 주는 것이다.
사랑 없이는 어떠한 일도 이익을 가져다주지 않는다.
그러나 사랑이 담긴 모든 일은
아무리 작고 보잘것없어 보일지라도 성과를 가져다준다."
어느 성현의 지혜가 담긴 말이다.

신이 두려워서

———

로마의 여황제가 보석을 잃어버렸다.
그녀는 다음과 같이 고시를 내렸다.

"30일 이내에
보석을 찾아오는 자에게는 크게 포상하겠다.
그러나 30일이 지나도록
아무도 찾아오지 않는다면
내가 몸소 찾아내 그를 극형에 처할 것이다."

30일이 훌쩍 지나 한 유태 학자가
보석을 들고 여왕 앞에 섰다.
"어찌하여 이토록 늦게 찾아왔느냐?"
"나는 사형이 두려워서가 아니라,
신이 두려워 이리 나선 것이오."

좋은 책, 나쁜 책

———

오늘날에는 공부할 만한 것이
넘치도록 많다.
하지만 시간이 갈수록
우리의 능력은 줄고 인생은 짧아져
가장 필요한 최소한의 지혜조차
배우기 어렵게 된다.

독자적으로 생각할 수 있다면
쓸데없는 독서를 줄일 수 있다.

나쁜 책은
아주 조금만 읽어도 해롭다.
좋은 책은
아무리 많이 읽는다 해도 부족하다.

이성에 따라 행동하라

"옥수수 밭에 모인
비둘기 떼를 상상해 보라.
그 비둘기 가운데
아흔아홉 마리가 배가 고픈데도
옥수수를 쪼아 먹지 않고
옥수수 알을 모아 산처럼 쌓기 시작했다.

이 비둘기들은 자신의 몫은 챙기지 않고
무리 중에서 가장 사악하고 못된
한 마리를 위해 옥수수를 모으고 있다.

모든 비둘기가
이 한 마리를 향해 빙 둘러앉아
모든 부를 혼자서만 흥청망청
써 대는 모습을 지켜보고 있다.

그런데 배고픔을 참지 못한
약한 비둘기가 느닷없이
거대하게 쌓아올린 옥수수 산에서

옥수수 한 알을 집으려 했다.
그러자 그 비둘기에게 모두가 달려들어 징벌했다.

이와 같은 광경이
머릿속에 그려진다면
당신은 인류가 매일같이 저지르는 행동을
이해할 수 있을 것이다."
페일리가 한 말이다.

인간은 이성적인 존재이다.
그런데 세상 사람들은 왜
사회생활 중에
이성이 아닌 폭력에 휘둘리는 것일까?

누구나 살면서 죄를 짓고 참회하고

—

반짝거리는 새 신발을 신은 사람은
진흙탕을 밟지 않으려 조심한다.
그러다 실수로 신발을 더럽히면
그 다음부터는 신발에 신경 쓰지 않는다.

우리 영혼의 삶이 그렇게 되지 않도록 하라.
잘못하여 진흙탕에 들어갔다 해도
곧 빠져나와 자기 자신을 깨끗이 해야 한다.

불교에서는
살인, 도둑질, 정욕, 거짓말, 음주를
다섯 가지 죄로 여긴다.
이들 죄를 피하는 방법은
자기 절제, 소박한 삶, 노동, 겸손, 믿음이다.

누구나 살면서 죄를 짓고
참회하는 과정을 거친다.
죄란 마치 달걀 껍질이나 밀기울과 같다.
죄에서 벗어나는 것은

껍질을 깨고 나온 병아리나
싹터 오른 씨앗이
자유롭게 신선한 공기와 빛에 노출되는 것과 같다.

육체는 영혼에 복종해야 한다.
하지만 반대 상황이 너무도 자주 벌어진다.
이를 나는 '죄'라고 부른다.

어린아이는 어른보다 더 순수하게 보인다.
이는 아마도 그 마음이
어른들의 편견에 물들지 않아서일 것이다.
어른은 자신의 죄와 싸워야만 한다.

최고의 대답

때로는 침묵이 가장 현명한 대답이다.
손보다 입이 더 많이 휴식하게끔 하라.
침묵은
무지하고 무례한 이에 대한
최고의 대답이다.

해야 할 말을 하지 못해
후회스러운 일이 백 가지 중 하나라면
하지 말았어야 할 말을 해버리고
후회스러운 일은 백 가지 중 아흔아홉이다.

인도에 이런 이야기가 있다.
"자기가 경솔한 사람이라고 생각하는 사람은
결코 경솔한 사람이 아니다.
자신은 아무것도 모른다고 말하는 사람은
참으로 현명한 사람이다.
자신은 학문을 했다고 하는 사람은
거짓말쟁이다.

침묵을 지키고 있는 사람,
그 사람은 어느 누구보다도 현명하고
가장 뛰어난 사람이다."

지혜로운 사람은 단순한 언어로 표현한다

거짓 학문과 종교는
잘 다듬어진 현학적인 언어를 사용한다.

그래서 진리를 모르는 사람들은
그것이 아주 진지하고
중요한 것이라고 믿고 만다.

지혜로운 사람일수록
단순한 언어로 자기 생각을 표현한다.

고요한 나로 돌아가기

———

전투에서 수천 명을 상대로 수천 번 승리한 것과
자기 자신을 상대로 한 번 승리한 것을 비교하면
후자가 훨씬 더 가치 있다.

살면 살수록
아무것도 하지 않는 것의 지혜를 알게 된다.

인간의 진정한 힘은
난폭함이 아니라 고요함에 있다.
서두를수록 할 수 있는 일은 적어진다.

탈무드에 담긴 말이다.
"사람들 앞에서 부끄러워하는 사람과
자기 자신 앞에서 부끄러워하는 사람 사이에는
아주 큰 차이가 있다."

나는 '좋은 사람'

아이를 교육하려면
벌주기를 피할 수 없다고 생각한다.
하지만 진정한 교육은
좋은 말과 좋은 행동만으로도 충분하다.

비폭력의 교훈을 따르기가 쉽지는 않다.
그렇다면
싸움과 복수의 교훈을 따르기는 쉬운가?

악을 악으로 갚는 일을 그만두면
모든 것이 사라지고 말 것이라고들 한다.
이것은 마치 강 위의 얼음이 녹으면
강이 사라진다는 말과 같다.

하지만 실제로는 어떤가?
얼음이 녹고 나면
배가 물 위를 오가고
새로운 삶이 시작되지 않는가!

"아이를 기를 때,
자기 자신을 '좋은 사람'이라고
생각하도록 하는 것이 무엇보다 중요하다."
버트런드 러셀이 준 교훈이다.

삶은 그 자체로 이미 좋은 것이다

―

인생을 살면서
부자가 되고 즐거움을 얻고
남과 논쟁하는 데 들이는 시간의
아주 작은 부분이라도
내면의 자아를 살찌우고
양심을 따르는 데 사용한다면
세상의 모든 악은 사라지리라.

사랑하는 이가 저지른 나쁜 일에 대해
말하거나 불평하지 말라.
다른 사람들이 이웃을 흉보고 비판하거든
그 말은 무시하라.
다른 사람을 덜 심판할수록
자기 스스로에게는 좋다.

삶을 더 좋은 것으로 만들 수는 없다.
삶은 그 자체로
이미 좋은 것이기 때문이다.

"우리는 인생이 다 흘러가 버린 다음에야
인생을 어떻게 살아야 하는가를 배운다."
몽테스키외의 말이다.

행복은 육체가 아닌 정신에 있다

———

죽음 후의 세계에 대해 생각하다 보면
우리가 이번 생에서 다음 생으로,
즉 바람직하지 못한 상태에서 바람직한 상태로
초월하도록 병이 도와주는 것 같다.

병이 주는 고통을 겪으며
우리는
자신에게 일어나는 일을 이해하게 되고,
다음 단계의 존재로 옮아 갈 준비를 할 수 있다.

우리는 고통을 통해
비로소
진정한 영혼 속에서 살 수 있다.

그러므로
삶으로 다시 돌아올 수 없는 병을
앓고 있는 사람에게는
죽음이 가까워졌음을 알려 줌으로써

다음 생을 맞이할 준비를
할 수 있도록 해야 한다.

허약한 사람이라 해도
내적인 영혼은
그 누구보다 단단할 수 있다.

왜 그동안 이 행복을 내게서 빼앗았을까?

———

"채소밭에 나가 밭을 매면서
나는 왜 지금까지 내 손으로 할 수 있는 일을
다른 사람에게 맡겨
이 행복을 내게서 빼앗았을까
하고 새삼스럽게 생각한다.

나는 밭에서 큰 기쁨과 충만함을 느낀다.
그러나 이것은 오로지
만족과 건강의 문제뿐만이 아니라
교육의 문제이기도 하다.

나는 언제나 목수나 농부에 비해
내 자신을 부끄럽게 여긴다.
그들은 자기 일을 하며 내 도움 없이도 며칠,
아니 몇 년씩 살 수 있다.
그런데 나는 어떠한가.
나는 그들이 없으면
하루도 버티지 못하니 말이다.

나는 그동안

내 손발이 누릴 권리를 빼앗았던 것이다."

랄프 왈도 에머슨이 남긴 이야기다.

육체노동이 정신적인 삶을 가로막는다고

생각하는 사람들이 있다.

사실은 정반대이다.

육체노동을 할 때만이

지적이고 영적인 삶이 가능하다.

아름다운 사람들의 편에 서고 싶다

누군가와 이야기를 마친 뒤에는
조금 전까지 나눈 모든 말들을
머릿속에 떠올려 보라.

그러면 그중의 대부분, 혹은 전부가
쓸모없고,
공허하고,
사소하고,
때때로 나쁘기까지 하다는 사실을
깨닫게 될 것이다.

말하기 전에 자신에게 먼저 물어라.
말할 값어치가 있는 것인가?
누군가에게 상처 입히는 일이 되지 않는가?

"나는 특히 누구를 추켜세우고 칭찬하는 사람 쪽에도,
누구를 비난하는 쪽에도 서고 싶지 않다.
그리고 현재 행복한 체하는 사람의 편에도
서고 싶은 생각이 없다.

고민하면서 길을 찾는
아름다운 사람들의 편에 서고 싶다."
파스칼의 교훈이다.

스스로 자기 몸을 들어올리지 못하는 것처럼

———

자기 스스로
자신의 몸을 들어올리지 못하는 것처럼
스스로를 칭찬해서는 안 된다.
자신을 칭찬하려고 하면 할수록
자신의 가치를 떨어뜨리고 만다.

영국 작가 찰스 케일럽 콜턴이 말했듯
"칭찬은
고매한 정신의 소유자에게는
자극이 되지만
심약한 사람에게는
그 자체가 목표가 되어 버린다."

단순한 본질과 단순한 지혜

사물의 본질은 단순하다.
지혜도 단순하다.
바로 이 두 가지,
단순한 본질과 단순한 지혜에서
사랑과 존경이 나온다.

모든 기교적인 것과 꾸미는 것을 삼가라.
단순함처럼
사람들 사이에 친밀감을 주는 것은
아무것도 없다.

어려움에 처했을 때는 더욱 사랑하라

어린아이는 자기의 영혼을 알고 있으며
그 영혼이 얼마나 존귀한지 안다.
그리하여 어린아이는
눈썹이 눈을 보호하듯이
그 영혼을 지키고 있다.

이런 까닭에
사랑이라는 열쇠 없이는 누구라도
어린아이의 영혼 속으로 들어갈 수 없다.

모든 사람을 존경하라.
누구보다도
어린아이들을 존경하라.
그리고 아이들의 완전함과
깨끗함을 파괴하지 않도록
노력하라.

"어머니가 되기 전에 나는
아이를 키우는 법에 대한

수백 가지 이론을 품고 있었다.

이제 일곱 아이를 둔 나는

오직 한 가지 이론만을 품고 있다.

'아이를 사랑하라,

그 아이가 가장 큰 어려움에 처해 있을 때는

더욱 사랑하라.'"

케이트 샘페리의 명언이다.

사람은 행복해야 한다

―

우울이란
인간이 삶의 의의를 발견하지 못했을 때의
마음 상태이다.

사람은 행복해야 한다.
행복하지 않다면 그것은
어느 누구도 아닌
바로 자신의 잘못이다.

알랭이 이런 말을 했다.
"'구질구질하게 또 비가 오는군!'
이런 말을 한들 무슨 소용이 있는가?
비도, 구름도, 바람도
결코 마음대로 되지 않는데
어째서
'비 한번 시원스럽게 내리는군' 하고
말하지 못하는가?"

그대가 인생을 사는 데에

세상이 추해 보이고
사람들이 불쾌하게 생각되고
모든 것이 어리석고 못나 보이는 상태,
그러한 때를 잘 이용하라.

그럴 때 자기 자신을 주의해서 보라.
그러면 그전에 보지 못한 것을
발견할 수 있을 것이다.

그리고 그때
자신 안에서 발견한
그 추하고 부끄러운 부분은
그대가 인생을 사는 데에
많은 유익을 줄 것이다.

"우리는 자기 내면의 인간성을
존경해야 한다는 사실을 잊고 살아간다.
인간이 가진 최고의 특성은,
인간의 의식이 이해력의 원천과 결합하여

영혼을 위한 삶을 살 수 있다는 데 있다.
그런데도 사람들은 이 원천에서
직접 영혼의 양식을 길어올리지 않고,
한 바가지의 고인 물을
서로 동냥하는 것이 낫다고 생각하며 살고 있다."
랄프 왈도 에머슨이 남긴 말이다.

삶의 비밀을 알고 있는 사람

자기가 하지 않으면 안 될 일을,
보잘것없다는 이유로
하지 않는 사람이 있다면
그는 자신을 속이고 있는 것이다.

그 사람은 그 일이
보잘것없어서 안 하는 것이 아니라
자기 힘에 부치기 때문에 못 하는 것이다.

누군가가 얘기했듯이
"스스로에게 솔직하고자 노력하는 사람은
삶의 비밀을 알고 있는 사람이다."

진정으로 부유해지려면

———

인도의 현자는 말했다.
"어머니가 자식을
보호하고 키우고 돌보는 것처럼
자신의 가장 귀중한 능력,
즉 남을 사랑하는 능력을
보호하고 품고
키워 나가야 한다."

진정으로 부유해지려면 사랑을 쌓아라.

물질에서 영혼으로 시선을 돌려라

――

어느 날 강 속의 물고기들은, 사람들이
'물고기는 물속에서밖에 생활할 수 없다'고 말하는 것을 들었다.
이 말을 들은 물고기들은 매우 놀라서
도대체 물이 무엇이냐고 서로에게 묻기 시작했다.

그러자 한 현명한 물고기가 대답했다.
"바다 속에 지혜롭고 학문을 많이 닦은
나이 든 물고기가 살고 있는데
무엇이든 알고 있다고 하더라고.
그에게 가서 물이 과연 무엇인지 한번 물어보자."
그래서 물고기들은
지혜로운 물고기가 살고 있는 바다 속에 가서
물이란 무엇인지,
어떻게 하면 물에 대해서 알 수 있는지 물었다.

나이 먹은 지혜로운 물고기가 말했다.
"물이란 우리를 살게 하는 것, 우리가 살고 있는 곳이다.
너희들이 물을 알지 못하는 것은
너희들이 그 속에서 살고,

그것에 의해서 살아가고 있기 때문이야."

이처럼 사람들도
신 속에서 신에 의해서 살고 있으면서도
신을 알지 못하는 것이다.
'수피의 우화시'이다.

사물의 진정한 의미를 알려면
보이는 것에서 보이지 않는 것으로,
물질에서 영혼으로 시선을 돌려야 한다.
진리의 빛을 있는 그대로 볼 수 있을 때에야
그 빛을 원하게 되기 때문이다.

말은 힘이 세다

"누군가가 험담을 해도
같이 솔깃해 흉보지 말라.
이런 경우에는
얼른 귀를 막고
들은 것을 모두 잊도록 노력하라.
누군가에 대한 칭찬은
잘 들어 두었다가
다른 이들에게도 이야기하라.
그리고 그렇게 행동하라."
동양에서 전해 내려오는 지혜의 이야기이다.

말은 힘이 세다.
말은 사람들을 하나로 만들기도 하지만
때로는 갈라놓기도 한다.
말로 사랑을 만들 수도,
적대감을 빚을 수도 있다.

학문은 우리를 잘못된 길로 인도하기도 한다

———

부엉이는 밤눈이 밝지만 낮에는 장님이 된다.
학자들도 그렇다.
하찮은 지식은 잔뜩 알고 있지만
인생에서 가장 중요한 것,
어떻게 세상을 살아야 하는가 하는
문제에 대해서는 알지 못하고
알려고조차 하지 않는다.

학문은
물질 세계에 대한 연구에서
진정 위대한 진보를 이루었다.
하지만
내적 영혼의 세계를 연구하는 차원에서 보자면
학문은 불필요할 뿐 아니라
오히려 우리를 잘못된 길로 인도하기도 한다.

페르시아인들 사이에 전해 내려오는 지혜의 말이 있다.
"젊었을 때 나는
모든 학문을 다 알고 싶다고 스스로에게 말했다.

마침내 내가 모르는 것이
거의 없을 정도에까지 이르렀지만
늙어 버린 지금 뒤돌아보니
나의 인생은 다 흘러갔고,
아무것도 알지 못했다는 사실을 깨달았다."

세상 사람들이 어떻게 사는지 보라

하면 안 되는 일들은 하지 말라.
그러다 보면 어느덧
해야 할 일들만을 하고 있을 것이다.
착한 일을 하려고 언제나 노력하라.
그러나 그것보다 먼저
나쁜 일을 하지 않도록 노력해야 한다.

세상 사람들이 어떻게 사는지 보라.
시카고, 파리, 런던 같은 도시들에 있는
기차, 자동차, 비행기, 고층빌딩을 떠올려라.
그리고 자문해 보라.
"모두가 더 잘 살게 하려면 어떻게 해야 할까?"
곧 답이 나올 것이다.

우선 나쁘거나 필요 없는 일은
하지 말아야 한다.
지금 우리가 하는 일들이 대부분 그렇다.
자기 자신의 욕망을 이겨 내지 못해
몇 차례 쓰러졌다 해도 절대로 포기하지 말라.

노력할 때마다 욕망의 힘은 약해지고
극복하는 힘은 강해진다.

에픽테투스가 말했듯이
"우리가 매혹되어 있는 모든 것,
그리고 그것을 얻기 위한 노력은
정작 우리에게 행복을 주지 않는다.
살아가는 동안 쓰는 에너지의 절반만이라도
공허한 욕망들을 몰아내는 데 사용하라.
그러면 우리는 더욱더 행복해질 수 있다."

등짐을 지고 걷는 일이 쉬운가요?

———

큰 부富가 삶을 쉽게 만든다는 믿음은,
큰 등짐을 지고 걷는 일이 더 쉽다는 생각과도 같다.

누군가 이런 말을 했다.
"사람들은 부를 찾는다.
그러나 만약 그들이 부 때문에
자신들이 잃는 것이 무엇인지
확실하게 안다면,
그들이 현재 부를 얻기 위해
쏟는 노력을
부에서 벗어나기 위해 쓸 것이다."

쇼펜하우어도 이렇게 말했다.
"사람들은 지혜를 늘리는 것보다
재산을 늘리는 데 수천 배나 많은 노력을 쏟는다.
하지만 우리는
물건을 많이 갖는 것보다는
행복한 것이
훨씬 더 중요하다는 사실을 알고 있다."

왜 부자가 되려 하는가?

―――

재산은 거름과 같다.
모으기만 하면 악취를 풍기고
뿌리면 대지를 기름지게 한다.

랄프 왈도 에머슨도 이런 말을 남겼다.
"왜 부자가 되려 하는가?
왜 값비싼 말, 화려한 옷,
사치스러운 집을 가지려 하는가?
그 이유는 이성으로
깊은 사색을 하지 않기 때문이다.
재산을 모으려 하지 말고
자아의 완성을 추구한다면
이 세상 가장 큰 부자보다
더 행복할 수 있다."

하루하루가 버겁다

—

사람을 사랑하지 않는다면
삶 전체가 복잡하고 어려워진다.
사람을 사랑하기 시작하면
삶의 모든 것이 분명하고 쉬워진다.

사랑이 없다면
주변이 온통 적들로 가득 찬 듯한 두려움에
하루하루가 버겁다.

이와 같은 삶의 진정한 의미를
이해하지 못하는 사람은
더 많은 부와 즐거움을 얻기 위해
마치 전쟁을 치르듯 매일매일을 산다.
일상에서 이런 일에 바쁘면 바쁠수록
인간의 진정한 행복,
즉 사랑에 쓸 시간은 줄어든다.

마르쿠스 아우렐리우스의 말을 보자.
"태양은 그 빛을 온 세상 구석구석까지 비춘다.

우리가 지닌 이성의 빛도

모든 방법으로 세상과 사람을 비춰야 한다.

그리고 장애물을 만나더라도 두려워하지 말고

조용하게 비추어라.

그러면 그 빛을 받은 모든 것은

그 빛에 싸이고

이를 거절하는 자만이

혼자 어둠 속에 남을 것이다."

참다운 행복이란 무엇인가?

———

인간의 행복과 불행은 각자의 마음속에 있다.
우리는 큰 것을 바라기 때문에
주변에 있는 많은 행복을 알아차리지 못한다.

스스로가 운명을 만드는 것이지,
운명이 나를 만드는 게 아니다.
그러므로 우리는
자기 자신의 구제자이기도 한 동시에
파괴자이기도 하다.

당신은 어디쯤에서
더 나은 삶을 찾아 헤매고 있는가?

『보물섬』을 쓴 로버트 루이스 스티븐슨은
"참다운 행복,
그것은 어떻게 끝을 맺느냐 하는 것이 아니라
어떻게 시작하느냐 하는 문제이다.
또 무엇을 소유하느냐가 아니라
무엇을 바라느냐의 문제이다"라고 말했다.

사고하는 방식에 따라 모든 것들이 설명된다

—

문이 안쪽으로 당겨야 열리게끔 되어 있다면,
말이나 소 같은 동물은
절대 나가지 못한다.
문의 원리를 모르므로
굶어죽게 되더라도 꼼짝하지 못한다.

목표를 이루기 위해서는
때로는 원치 않는 일도 해야 한다는 점을
이해하는 존재는 인간뿐이다.

인간에게는 '지적 능력'이라는
가장 귀하고 중요한 능력이 있다.
따라서 우리는 그 능력을 키우고 발전시켜야 한다.
우리가 사고하는 방식에 따라
삶에서 마주치는 모든 것들이 설명된다.

이런 생각이 잘못되어 있다면
가장 명백한 진실도 빛바랠 수밖에 없다.
마치 달팽이처럼

자신의 낡은 생각을 등에 지고 다니는 사람들이 많다.

농부가 좋은 씨앗을 골라내 잘 키워내듯
지혜로운 사람은 자신의 생각을 잘 키운다.
나쁜 생각은 버리고
좋은 생각을 정성스럽게 보살피는 것이다.

참으로 이상한 일이다

——

참으로 이상한 일이다.
우리는
자기 힘으로는 어찌할 수 없는
나쁜 것에 대해서는 화를 내면서도
충분히 싸워 물리칠 수 있는
내면의 나쁜 것에 대해서는
아무것도
하
지
않
는
다.

우리는 거짓보다 진실을 좋아한다

———

진실을 말하는 것이 쉽다고 생각하지 말라.
혼자서 진실을 알고 있기는 쉽다.
하지만 남들에게 그 진실을 말하기 시작하면
그들의 비위를 맞추기 위해
말이 달라지고
결국 진실에서 멀어지고 만다.

이것을 경계하라.

우리는 거짓보다 진실을 좋아한다.
하지만 삶에서는 늘
진실보다 거짓을 선택한다.

토마스 만은 이런 말을 남겼다.
"스스로를 성의껏 대하면
상대방을 거짓으로 대할 리 없고
스스로를 거짓으로 대하면
상대방을 성실히 대할 리 없다."

그 사람 앞에서 비난하라

남을 비난하지 않으면 안 될 경우,
뒤에 숨어서 하지 말고
그 사람 앞에서 하라.

"아! 위대한 영혼이여,
상대의 신발을 신고 2주일 동안 걷지 않은 이상
내가 그를 판단하거나
비난하지 않도록 하소서."
수족 인디언의 기도문이다.

친구들과의 화합 속에서

———

우리는 영원한 삶과 현재를 동시에 살아야 한다.
일할 때는 영원히 살 것처럼 하고
남을 대할 때는 오늘 밤에 죽을 것처럼 하라.

우리는 한자리에 머무르지 않고
끊임없이 어딘가로 움직여 가고 있다.

우리는
커다란 배에 올라탄 승객과 같다.
선장은 승객 중 누가 언제 배를 떠날 것인지
기록된 비밀 명단을 가지고 있다.

우리에게 허락된 시간 동안
인생의 법을 지키며 평화와 사랑,
모든 친구들과의 화합 속에서 살아가도록 하라

세상에 대해 묻는 아이들에게

———

아이를 교육할 때는
다른 무엇보다도
남들 의견에 따라서만 행동하지 않도록
가르치는 것이 중요하다.

아이들에게 신념을 가르칠 수 있다는 생각은
신념과 관련된 가장 끔찍한 오해이다.

"세상이 무엇인가요?"라고 묻는 아이들에게
우리는 자기 생각을 말하는 대신
수백 년 전 살았던 다른 사람들의 생각을 들려준다.
아이가 필요로 하는 영적 음식 대신
영적 독약을 먹이는 셈이다.

당신 스스로도 전적으로 믿지 않거나
의혹을 품고 있는 어떤 것을
아이들에게 말하지 말라.
특히 그것을 절대적인 진리인 양 말하지 말라.
그것은 커다란 잘못이다.

"교육의 목적은
무엇을 생각해야 할까에 있는 것이 아니라,
어떻게 생각해야 할까를 가르쳐 주는 것이다."
삐디이의 교훈이다.

행복 속에 살라

벗이여,
어찌하여 존재의 신비에 관하여
마음을 괴롭히는가?
행복 속에 살라.
기쁨 속에 날을 보내라.
죽음에 임해서는 아무도 그대에게,
어찌하여 이 세상이 이 모양이냐고는 묻지 않을 것이다.

아침은 어둠의 장막을 거두었다.
무엇을 탄식하는가?
일어나라 아침을 칭송하자.
이미 우리 속에 호흡이 끊어졌을 때에도,
여러 아침은
오히려 줄기차게 숨쉬고 있을 것이다.

톨스토이는 『전쟁과 평화』 『안나 카레리나』 『부활』과 같은 뛰어난
소설도 여럿 남겼지만, 평소에 이 세상과 삶을 사색한 결과를 글로
많이 남겼다. 종교면 종교, 예술이면 예술, 삶이면 삶 그 어느 것도
톨스토이라는 대작가의 관심을 끌지 않는 것이 없었다. 그는 평소
에도 좋은 글귀를 무척 아끼고 사랑했다고 한다. 그 자신도 작가
로서 읽는 이에게 깊은 감명과 깨달음을 주는 글귀를 많이 썼지만
동서고금을 막론하고 온갖 현인들과 사상가들의 촌철살인을 너무
나 사랑해 늘 가까이 두고 읽었다고 한다.

자신만 읽고 감동한 것이 아니라 가족과 친구들에게도 시간이 날
때마다 들려주고 읽어주었다니 그의 좋은 글귀에 대한 사랑이 어
느 정도였는지 짐작할 수 있을 것 같다.

늘 현인들의 말이나 글을 읽고 감동하던 그는 마침내 온 인류에
시대를 초월해 도움이 될 만한 좋은 글귀들을 집대성해 책으로 묶
어볼 결심을 하게 된다. 평소에 늘 이런 작업을 하고 싶다는 바람
을 가슴 깊은 곳에 품고 있기도 했지만 결정적인 계기가 된 사건이
있었다. 바로 폐렴과 장티푸스로 몇 달 동안 사경을 헤매다가 기적

처럼 목숨을 건지게 된 것이다. 그때가 1902년, 그가 74세 되던 해였다. 페니실린이 발명되지 않았던 그 당시에 치명적인 질병을 두 가지나 동시에 이겨내기 위해 그는 겪어야 했던 육체적 고통은 얼마나 극심했을까? 병에서 가까스로 회복한 노작가는 자신에게 남은 시간이 얼마 되지 않을 것이라고 생각했을 것이다. 그리고 마지막 남은 영혼의 불꽃을 최후의 작품을 위해 불사르기로 결심했고, 평소에 꿈꿔오던 잠언집을 집필하기 시작했다.

그가 최후에 쓴 3부작은 어마어마한 분량을 자랑한다. 세 권의 책에는 톨스토이가 평소에 아끼며 즐겨 읽었던 여러 성현과 위인들의 잠언을 비롯해 톨스토이 자신의 금과옥조와 같은 소중한 글귀들이 씨줄과 날줄처럼 얽혀 있다.

3부작을 시작하는 책인 〈현명한 사람의 생각〉(1903)은 하루마다 두세 개의 좋은 글귀를 엮어 총 800여 개의 글귀를 담고 있다. 두 번째 책인 〈한 바퀴의 읽을거리〉(1906)는 작가의 생각이 무르익어 월별 총 열두 권으로 만들게 되었다. 마지막인 〈매일매일을 위한 현명한 생각〉(1909)은 3부작을 완결하는 책이다.

톨스토이의 3부작은 그 뛰어난 가치에도 불구하고 독자들의 기억에서 완전히 사라진 적이 있었다. 러시아에 공산정권이 들어서면서 종교적 색채를 띠는 톨스토이의 글이 금서로 지정된 것이다. 그랬던 것이 공산정권이 무너지면서 이 책들은 다시 빛을 보게 되었다. 해가 바뀔 때마다 어김없이 서점에는 잠언집이 진열대 한 귀퉁이를 장식한다. 그런데 잠언집을 선물하는 사람은 봤어도 선물받은 잠언집을 매일매일 넘겨가며 감명 깊게 읽었다는 사람은 많지 않다. 혹시 당신도 선물로 잠언집을 고르는 사람인가? 그렇다면 이번에는 오로지 당신 자신의 영혼을 위해서, 풍요로운 삶을 위해서 이 책을 자기 자신에게 선물해보면 어떨까.

이경아

1828년	야스나야 폴랴나에서 톨스토이 백작 가문의 넷째 아들로 레프 니콜라예비치 톨스토이가 태어남.
1830년(2세)	어머니 마리야 니콜라예브나가 다섯째 아기를 낳다가 사망함.
1836년(8세)	일가가 모스크바로 이사함.
1837년(9세)	아버지 니콜라이 일리이치가 뇌일혈로 사망하자, 고아가 된 다섯 남매는 큰고모인 알렉산드라 오스텐 사켄 백작 부인의 집에서 자라게 됨.
1841년(13세)	큰고모 알렉산드라 오스텐 사켄 부인이 오프티나 수도원에서 사망. 그 뒤 세 형들과 함께 작은고모 펠라게야 일리이치나 유쉬코바의 손에서 자라게 됨.
1844년(16세)	카잔 대학 철학부 동양어학과에 입학했으나, 학교생활에 불성실하고 사교계에 드나들게 되면서 2학기 진급 시험에서 떨어짐.
1845년(17세)	법학부로 옮김. 이때를 전후하여 루소의 저술을 읽은 후, 내적 각성에 따라 교회에 다니는 것을 그만둠.
1847년(19세)	4월부터 일기를 쓰기 시작했으며, 카잔 대학교를 중퇴하고 맏형 니콜라이와 함께 야스나야 폴랴나로 돌아와 농사 관리, 농민 생활의 개선에 힘씀. 작품 〈지주의 아침〉은 이때의 경험을 담고 있음.

1848년(20세) 모스크바에서 무위도식하며 사교와 향락생활을 함.

1849년(21세) 페테르부르크 대학교에서 학사검정고시를 치러 민법 및 형법 과목에 합격. 툴라 현 귀족대의원회에서 근무하기 시작함.

1851년(23세) 맏형이 기거하는 스타로글라도코프스크 카자크 촌에 도착, 카프카스 포병 여단의 사관후보생 시험에 합격함. 제20여단 제4포병 중대 근무. 장편 처녀작 〈유년 시절〉을 쓰기 시작.

1852년(24세) 단편 〈습격〉과 중편 〈지주의 아침〉, 〈카자크 사람들〉 집필 시작함. 장편 〈유년 시절〉 탈고. 잡지 〈현대인〉 주간이었던 네 크라소프에게서 〈유년 시절〉을 높이 평가한 편지를 받음.

1853년(25세) 잡지 〈현대인〉에 〈습격〉 발표. 단편 〈크리스마스 날 밤〉 〈삼림 벌채〉, 장편 〈소년 시절〉 집필 시작.

1854년(26세) 소위보로 승진하여 두나이 전선 출정을 지원. 군사 잡지 〈병사 소식〉 발행 계획. 군사 잡지 발행을 위하여 단편 〈쥐다노프 아저씨와 기사 체르노프〉, 〈러시아 병사들은 어떻게 죽어가고 있는가〉 집필. 〈소년 시절〉 발표.

1855년(27세) 잡지 〈현대인〉에 〈당구 득점기록원의 수기〉, 〈1854년 12월의 세바스토폴리〉, 〈삼림 벌채〉 발표. 장편 〈청년 시절〉 집필 시작. 싸움터에서 페테르부르크로 옴. 투르게네프, 네크라소프, 곤차로프, 페트, 체르느이쉐프스키, 오스트로프스키 등과 함께 친교.

1856년(28세) 잡지 〈현대인〉에 〈1855년 8월의 세바스토폴리〉 발표. 셋째 형 드미트리의 부보를 받음. 11월에 제대. 페테르부르크의 문학인들에 대한 환멸로 야스나야 폴랴나로 돌아와 농노란 굴레로부터 농민의 해방을 시도. 〈눈보라〉, 〈두 경비병〉, 〈지주의 아침〉, 〈모스크바의 한 친지와 진중에서 만남〉 등을 발표.

1857년(29세) 첫 유럽 여행을 떠남. 파리에서 길로티에 의한 사형 집행 과정을 목격하고 강한 인상을 받음. 7월에 귀국하여 야스나야 폴랴나에 돌아와 농사에 힘씀. 〈루체른〉, 〈청년 시절〉 발표.

1858년(30세) 모스크바 음악협회를 설립. 〈알베르트〉 발표.

1859년(31세) '모스크바 러시아문학 애호가협회' 회원으로 뽑힘. 농민 아이들에게 야학을 열어 공부를 시킴. 단편 〈세 죽음〉, 〈가정의 행복〉 발표.

1860년(32세) 교육 분야 활동을 시작하며, 교육의 자유를 외치는 글을 발표하고 국민교육조합 설립을 계획함. 외국의 교육제도 시찰과 맏형 니콜라이의 문병을 겸하여 누이와 함께 두 번째 유럽 여행에 오름. 9월 맏형 니콜라이가 죽음. 〈국민 교육론〉을 기초하고 농민 생활을 소재로 한 작품인 〈목가〉, 〈티혼과 말라니야〉(미완성) 집필.

1861년(33세) 프랑스에 머무르면서 파리에서 투르게네프와 만남. 영국 런던에 가서 게르첸과 사귐. 영국의 여러 학교를 참관하고, 디킨스의 훈육에 관한 교육을 받음.

1862년(34세) 논문 〈국민 교육에 대하여〉, 〈읽기와 쓰기를 어떻게 가르칠 것인가〉, 〈훈육과 교육〉 등의 여러 논문들을 잇달아 발표. 5월 농사중재재판소원직을 사퇴. 9월 궁전 전의인 베르스의 둘째딸 소피야 안드레예브나와 결혼하여 야스나야 폴랴나로 돌아옴.

1863년(35세) 〈홀스토메르〉 집필. 6월 맏아들 세르게이 태어남. 교육잡지 〈야스나야 폴랴나〉 종간호 발행. 〈진보와 교육의 정의〉, 〈카자크 사람들〉, 〈폴리쿠쉬카〉 발표함.

1864년(36세) 9월 맏딸 타니야나 태어남. 〈전쟁과 평화〉 집필 시작함. 페테르부르크의 스텔로프스키 출판사에서 첫 '톨스토이 저작집' 1, 2권 나옴.

1865년(37세) 〈전쟁과 평화〉(당시의 제목 〈1805년〉)의 앞부분(1-38장)을 〈러시아 통보〉에 발표함.

1866년(38세) 〈전쟁과 평화〉 2권 발표. 둘째 아들 일리야 태어남. 〈전쟁과 평화〉의 삽화를 담당한 화가 바쉴로프와 친교.

1867년(39세) 가을에 〈전쟁과 평화〉의 창작을 위해서 모스크바로 감. 보로디노의 옛 싸움터를 답사. 〈전쟁과 평화〉가 처음으로 단행본으로 나옴.

1868년(40세) 겨울 내내 온 가족과 함께 모스크바의 키스로카에서 지냄. 논문 〈'전쟁과 평화'에 대한 몇 마디〉를 〈러시아의 기록〉 제3호에 발표함.

1869년(41세) 5월 셋째 아들 레프 태어남. 〈전쟁과 평화〉를 완성하여 발표함.

1870년(42세) 학교 설립 등 교육사업에 다시 몰두하기 시작함. 그리스 고전 탐독.

1871년(43세) 〈초등 교과서〉 집필. 〈카프카스의 포로〉, 〈신은 진실을 알지만 이내 말하지 않는다〉 발표.

1873년(45세) 장편 〈안나 카레니나〉 집필. 5월 온 가족과 함께 사마라 지방으로 감. 〈모스크바 신문〉 편집국 앞으로 〈사마라 지방의 기근에 대하여〉란 글을 보내고 빈민 구제 사업에 힘을 기울임. 11월 '톨스토이 저작집'(1-8권) 나옴.

1874년(46세) 〈국민 교육에 대하여〉 발표. 전12권의 〈초등 교과서〉 재판 나옴. 톨스토이에게 가장 큰 영향을 준 친척 타티야나 알렉산드로브나 예르골스카야 죽음. 12월 〈새 초등 교과서〉 집필.

1876년(48세) 작곡가 차이코프스키와 친교.

1877년(49세) 5월 〈안나 카레니나〉 제8편의 간행에 즈음하여 〈러시아 통보〉 주간인 카트코프와 세르비야 전쟁에 대한 문제로 충돌. 그 뒤 종교적·사상적 저술에 힘씀. 9월 〈안나 카레니나〉 제

8편이 단행본으로 나옴.

1878년(50세) 12월당 사건 및 니콜라이 1세에 관한 자료를 얻기 위해 모스크바와 페테르부르크를 방문. 투르게네프와 화해. 5월 〈첫 기억〉, 〈고백〉 집필.

1879년(51세) 〈고백〉의 첫 부분이 발표되었으나 발매 금지당함.

1880년(52세) 푸슈킨 기념 축제 참석 거절. 〈교의신학의 비판〉을 발표.

1881년(53세) 7월 〈사람은 무엇으로 사는가〉, 〈4복음서의 합일과 번역〉, 〈요약복음서〉 발표.

1882년(54세) 〈고백〉 완성. 〈러시아 사상〉 5월호에 발표했으나 발매 금지당함. 〈모스크바 민세 조사에 대하여〉, 〈악을 악으로 갚지 말라〉, 〈교회와 국가〉 등 발표.

1883년(55세) 〈내 신앙의 귀결〉 발표.

1884년(56세) 〈그러면 우리들은 무엇을 해야 할 것인가〉 집필. 〈내 신앙의 귀결〉 발매 금지당함. 〈광인의 수기〉 기고(미완성).

1885년(57세) 단편 〈일리야스〉 발표. 10월 〈이반 일리이치의 죽음〉 집필 시작. 〈그러면 우리들은 무엇을 해야 할 것인가〉 발표되기 시작함. 소피야 부인에 의해 '톨스토이 저작집'이 전 12권으로 간행됨. 〈촛불〉, 〈두 노인〉, 〈바보 이반의 이야기〉 등을 집필.

1886년(58세) 넷째 아들 알료샤가 죽음. 2월 〈그러면 우리들은 무엇을 해야 할 것인가〉 완결. 9월 〈인생에 대하여〉 집필 시작. 민중 교화를 목적으로 〈일력〉의 편찬에 착수. 〈이반 일리이치의 죽음〉 발표.

1887년(59세) 중편 〈빛이 있는 동안 빛 속을 걸어라〉 집필. 〈암흑의 힘〉의 저작권 포기. 8월 레핀이 야스나야 폴랴나로 톨스토이를 찾아와 일련의 초상화 착수. 12월 〈인생에 대하여〉를 썼지만 곧 발매 금지당함. 〈최초의 양조자〉, 〈머슴 예멜리얀과 빈

북〉, 〈세 아들〉 등을 집필.

1888년(60세) 〈고골리에 대하여〉 집필. 2월 〈암흑의 힘〉이 파리의 자유극
장에서 상연됨. 막내아들 바네치카 태어남.

1889년(61세) 희곡 〈그녀는 잘하고 있었다〉의 초고를 탈고하고 가족들에
게 낭독해줌. 〈크로이체르 소나타〉, 〈예술이란 무엇인가〉, 〈악
마〉 집필. 〈부활〉의 구상에 힘씀.

1890년(62세) 〈문명의 열매〉 집필에 힘씀. 2월 〈세르게이 신부〉 착수. 〈어
째서 사람은 제 스스로를 마비시키는가〉 집필.

1891년(63세) 2월 〈문명의 열매〉가 모스크바에서 초연됨. '톨스토이 저작
집' 제13권 몰수당함. 3월 아내 소피야는 단독으로 페테르
부르크로 올라가 황제 알렉산드르 3세를 만나 발매 금지당
한 〈크로이체르 소나타〉를 저작집에 수록하여 발표할 것을
허가받음. 〈굶주림에 우는 농민 구제의 방법에 대하여〉 집필.

1892년(64세) 굶주리는 사람들을 구제하기 위해 딸들과 함께 구휼사업에
힘씀.

1893년(65세) 〈신의 나라는 너희들 내부에 있다〉 탈고. 8월 〈무위〉 집필.
10월 〈노자〉의 번역에 힘씀.
〈신의 나라는 너희들 내부에 있다〉가 발표되자 당국은 무정
부주의자로 지목함. 〈노동자 여러분에게〉, 〈헤이그 만국평화
회의에 대하여〉 발표.

1894년(66세) 〈이성과 종교〉 탈고. 12월 〈종교와 도덕〉 완성. 〈신의 고찰〉
발표.

1895년(67세) 3월 막내아들 바네치카 죽음. 최초의 유언장을 몰래 씀. 〈부
끄러워하라〉 발표. 〈열두 사도에게 의하여 전해진 주의 가르
침〉 등을 저술.

1896년(68세) 7월 〈하쥐 무라트〉의 창작을 구상함. 〈종말이 다가왔다〉란

제목의 글을 쓰고 그것이 큰 의의를 갖는 참된 영웅적 행동임을 밝힘. 〈복음서를 어떻게 읽을 것인가〉, 〈현재의 사회조직에 대하여〉, 〈애국심과 평화〉를 씀. 12월 〈도와라〉 발표. 〈암흑의 길〉이 최초로 황실극장에서 상연됨.

1897년(69세) 〈예술이란 무엇인가〉 탈고. 〈하쥐 무라트〉 집필 시작. 희곡 〈산 송장〉의 창작을 구상함.

1898년(70세) 미완의 〈세르게이 신부〉와 〈부활〉의 탈고를 서두름. 파스테르나크가 야스나야 폴랴나에서 〈부활〉의 삽화 제작. 〈톨스토이즘에 대하여〉, 〈두호보르 교도의 원조에 대하여〉, 〈기근인가 아닌가〉, 〈러시아 신보의 편집자에게 부침〉, 〈두 전쟁〉 등을 씀.

1899년(71세) 3월 〈부활〉이 발표됨.

1900년(72세) 2월 〈애국심과 정부〉, 〈죽이지 말라〉 집필. 〈현대의 노예 제도〉 저술에 힘씀. 〈자기완성의 의의〉 저술.

1901년(73세) 2월 정부의 어용기관인 종무원이 톨스토이를 그리스 정교회에서 파문함. 3월 〈황제 및 그 보필자들에게〉 집필. 러시아 국민의 비참한 현실을 기술하고 폭력에 의하지 않는 개혁이 필요함을 역설함. 3월 〈파문의 명령에 대하여 종무원에 보내는 화답〉을 쓰기 시작. 가을 〈하쥐 무라트〉, 〈나의 종교〉, 〈병사의 수기〉 등을 씀. 〈성직자들에게 보내는 공개장〉 집필.

1902년(74세) 〈나의 종교〉 탈고. 5월 〈노동 대중에게〉 씀. 11월 〈성직자들에게 보내는 공개장〉 집필.

1903년(75세) 탄생 75주년 축하회. 8월 단편 〈무도회가 끝나고 나서〉 탈고. 9월 〈셰익스피어와 희곡에 대하여〉 씀. 또 〈노동과 죽음과 병〉, 〈세 가지 의문〉, 〈사회개혁자들에게〉, 〈정신적 본원의

의의〉 발표.

1904년(76세) 5월 〈반성하라〉를 발표. 러일전쟁의 옳지 않음을 설파하고 권력자들의 반성을 촉구. 〈인생독본〉 편집 착수. 6월 〈유년 시절의 추억〉 탈고.

1905년(77세) 〈러시아의 사회운동〉, 〈푸른 지팡이〉, 〈코르네이 바실리예프〉, 〈알료샤 고르쇼크〉, 〈딸기〉, 〈세기의 종말〉 등을 씀.

1906년(78세) 10월 〈인생독본〉 간행됨. 11월 〈꿈을 꾸었던 일〉 씀. 〈셰익스 피어의 희곡에 대하여〉, 〈유년 시절의 추억〉, 〈러시아 혁명의 의의〉, 〈국민에게 부치는 공개장〉 등을 발표.

1907년(79세) 당국에 의한 톨스토이 저서 압수. 〈진정한 자유를 인정하라〉, 〈우리들의 인생관〉 발표.

1908년(80세) 3월 〈폭력의 법칙과 사랑의 법칙〉을 씀. 5월 〈침묵할 수 없 다〉를 써 사형 집행의 옳지 않음을 말함. 7월 〈침묵할 수 없 다〉의 게재로 각 신문이 벌금을 물고 〈세바스토폴리〉지 편집 자가 체포당함. 8월 세계 각처에서 탄생 80주년 기념제가 거 행됨. 톨스토이의 비서 구세프 추방됨. 〈인생독본〉의 개정 증 보에 심혈을 기울임. 〈아동을 위한 그리스도의 가르침〉 발표.

1909년(81세) 톨스토이 기념제 특별위원회가 톨스토이 박물관 건립을 목 적으로 하는 협회로 개조됨. 3월 〈불가피한 혁명〉을 씀. 5월 〈세상에 죄인은 없다〉를 씀. 11월 처음으로 사후에 관한 유 언장 만들어짐. 〈사형과 기독교〉, 〈유일한 계율〉, 〈누가 살인자 냐〉, 〈고골리에 대하여〉, 〈나그네와의 대화〉〈마을의 노래〉, 〈돌〉, 〈큰곰자리〉, 〈나그네와 농부〉, 〈오를로프의 앨범〉 등 발표.

1910년(82세) 2월 단편 〈호드인카〉 창작. 3월 희곡 〈모든 것의 근원〉 탈고. 단편 〈뜻밖에〉 탈고. 7월 최후의 정식 유언장 만들어짐. 8월 〈세상에 죄인은 없다〉의 개작이 이루어짐. 10월 28일 새벽, 아내 소피야 안드레예브나에게 최후의 쪽지를 남기고 의사 마코 비츠키와 함께 야스나야 폴랴나의 정든 집을 떠남. 10월 26일, 최후의 저술인 논문 〈유효한 수단〉을 탈고. 10월 31일, 여행 도중 병이 위중해져서 랴잔 우랄 철도 중간의 한 시골 역에 서 내림. 11월 7일 오전 6시 5분, 아스타포보 역장 관사에 서 눈을 감음. 11월 9일 야스나야 폴랴나의 숲 속에 묻힘.

이경아

한국외국어대학교 러시아어과와 동 대학교 통역번역대학원 한노과를 졸업했다. 현재 한국외
국어대학교 통역번역대학원에서 강의하면서 전문번역가로 활동 중이다. 옮긴 책으로는 류드
밀라 페트루솁스카야의 『이웃의 아이를 죽이고 싶었던 여자가 살았네』, 제더다이어 베리의
『탐정 매뉴얼』, 엘라 베르투와 수잔 엘더킨이 쓴 『소설이 필요할 때』, 스티븐 콜린스의 『거대
한 수염을 가진 남자』 등이 있다.

인생에서 공부가
필요한 순간

초판 1쇄 인쇄 2015년 10월 27일   초판 1쇄 발행 2015년 10월 30일

지은이 레프 톨스토이   옮긴이 이경아
펴낸이 연준혁

출판 6분사 분사장 이진영
편집장 정낙정 편집 박지수 최아영 조현주 이경희 디자인 하은혜

펴낸곳 (주)위즈덤하우스   출판등록 2000년 5월 23일 제13-1071호
주소 경기도 고양시 일산동구 정발산로 43-20 센트럴프라자 6층
전화 (031)936-4000   팩스 (031)903-3895
홈페이지 www.wisdomhouse.co.kr

값 12,800원   ISBN 978-89-92378-83-3   03890

국립중앙도서관 출판시도서목록(CIP)

인생에서 공부가 필요한 순간 / 지은이: 레프 톨스토이 ;
옮긴이: 이경아. ― 고양 : 위즈덤하우스, 2015
 p. ;   cm

원표제: Круг чтения
원저자명: Лев Николаевич Толстой
러시아어 원작을 한국어로 번역

ISBN 978-89-92378-83-3 03890 : ₩12800

인생훈(人生訓)
러시아 철학(―哲學)

199.1-KDC6
179.7-DDC23   CIP2015028521